Thomas Brezina

DAS PHANTOM DER SCHULE

Krimiabenteuer Nr. 6

Mit Illustrationen von Jan Birck

Ravensburger Buchverlag

DIE KNICKERBOCKER BANDE

STECKBRIEFE

HALLO,
ALSO HIER MAL IN KÜRZE
DAS WICHTIGSTE ÜBER UNS:

POPPI

NAME: Paula Monowitsch
COOL: Tierschutz
UNCOOL: Tierquäler, Angeber
LIEBLINGSESSEN:
Pizza (ohne Fleisch,
bin Vegetarierin!!!)
BESONDERE KENNZEICHEN:
bin eine echte Tierflüsterin –
bei mir werden sogar Pitbulls
zu braven Lämmchen

DOMINIK

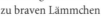

NAME:
Dominik Kascha
COOL: Lesen, Schauspielern
(hab schon in einigen Filmen und
Theaterstücken mitgespielt)
UNCOOL: Erwachsene, die einen bevormunden
wollen, Besserwisserei (außer natürlich, sie kommt
von mir, hähä!)
LIEBLINGSESSEN: Spaghetti
(mit tonnenweise Parmesan!)
BESONDERE KENNZEICHEN:
muss immer das letzte Wort haben und kann so
kompliziert reden, dass Axel in seine Kappe beißt!

AXEL

NAME: Axel Klingmeier

COOL: Sport, Sport, Sport (Fußball und vor allem Sprint, bin Schulmeister, habe sogar schon drei Pokale gewonnen)

UNCOOL: Langweiler, Wichtigtuer

LIEBLINGSESSEN: Sushi … war bloß'n Witz (würg), also im Ernst: außer Sushi alles! (grins)

BESONDERE KENNZEICHEN: nicht besonders groß, dafür umso gefährlicher (grrrrrr!)

LILO

NAME: Lieselotte Schroll (nennt mich wer Lolli, werde ich wild)

COOL: Ski fahren, Krimis

UNCOOL: Weicheier, Heulsusen

LIEBLINGSESSEN: alles, was scharf ist, thailändisch besonders

BESONDERE KENNZEICHEN: blond, aber unheimlich schlau (erzähl einen Blondinenwitz und du bist tot …)

Bibliografische Information Der Deutschen Bibliothek

Die Deutsche Bibliothek verzeichnet diese Publikation
in der Deutschen Nationalbibliografie;
detaillierte bibliografische Daten sind im Internet über
http://dnb.ddb.de abrufbar.

Die Schreibweise entspricht den Regeln
der neuen Rechtschreibung.

2 3 4 5   09 08 07 06 05

© 2000 und 2005 Ravensburger Buchverlag
Otto Maier GmbH
Umschlagillustration: Jan Birck
Printed in Germany
ISBN 3-473-47082-1

www.ravensburger.de
www.thomasbrezina.com
www.knickerbocker-bande.com

INHALT

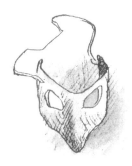

SPUK IN DER SCHULE

Was ist bloß dort oben los?, dachte Herr Müllermeier erschrocken. Der Hausmeister des Gustav-Gymnasiums stand im Erdgeschoss des Schulgebäudes und lauschte.

Es war Mittwoch, der 22. August, und Herr Müllermeier war soeben von einer Reise durch Schottland zurückgekehrt, eine Woche früher als geplant.

Gleich beim Betreten des Schulhauses war ihm aufgefallen, dass nicht die während der Sommerferien übliche Stille herrschte. Aus einem der oberen Stockwerke war ein hohes Surren und Pfeifen zu vernehmen. Das beunruhigte den Hausmeister.

Nervös wackelte Ferdinand Müllermeier mit seinen ziemlich großen, abstehenden Ohren. Sie hatten ihm die Spitznamen „Lauschofon" und „Ohrenbär" eingebracht. Mit seinen großen Ohren konnte er allerdings sehr gut hören und sehr schnell feststellen, dass dieses schrille Surren aus dem dritten Stock kam.

Ferdinand, steh nicht da wie die Kuh vorm neuen Tor! Geh hinauf und schau endlich nach, was da los ist!, ermahnte er sich.

Langsam, Stufe für Stufe, stieg er in den ersten Stock, dann weiter in den zweiten und schließlich in den dritten. Kein Zweifel: Hier war das Geräusch am lautesten.

Herr Müllermeier räusperte sich und rief: „Hallo? Hallo, wer ist da?"

Das Surren wurde tiefer und riss auf einmal ab. Nun wusste er, woran ihn das Geräusch erinnerte: an eine elektrische Bohrmaschine. Aber wer bohrte da ohne seine Erlaubnis?

Die Tür des Klassenzimmers am Ende des Ganges stand offen. Ein langer Lichtstreifen fiel auf den Steinboden. Im Zeitlupentempo tauchte nun ein Schatten in dem Lichtkegel auf.

Herr Müllermeier schluckte und stieß keuchend hervor: „Wer ist da? Was suchen Sie da? Ich werde sofort die Polizei alarmieren!" Seine Stimme überschlug sich vor Aufregung.

Mit einem Schrei stürzte eine dunkle Gestalt aus dem Klassenzimmer. Sie hatte einen Schlapphut auf und ein schwarzer, wallender Umhang hing über ihren Schultern. Die Spukgestalt packte die Ränder ihres Mantels und riss sie wie Fledermausflügel in die Höhe. Das Futter des Umhangs blitzte giftgrün auf. Ein dünner Körper, der in einem schwarzen Trikot steckte, kam darunter zum Vorschein.

Mit einem Ruck schob das gespenstische Wesen die Krempe des Hutes hoch und gab eine weiße, ausdruckslose Maske mit großen, glotzenden Augen frei. Mit erhobenen Armen raste die gruselige Erscheinung auf Herrn Müllermeier zu.

„Uaaaahhhh!", brüllte das Phantom und bewegte die Arme, als wollte es davonfliegen.

„Halt! Nicht! Nein!", stammelte der Hausmeister. Müllermeier wich zur Seite und klammerte sich verzweifelt an das schmiedeeiserne Geländer des Treppenaufgangs.

Als die Spukgestalt nur noch drei Meter von ihm entfernt war, schlug sie einen Haken, riss die Tür des Bio-Zimmers auf und verschwand. Mit einem lauten Knall krachte die Tür ins Schloss.

Ein paar Sekunden später hatte sich der Hausmeister von dem Schreck erholt. „Na warte, du lausiger Witzbold, ich hab dich gleich!", schimpfte er und hastete zum Eingang der Bio-Sammlung. Jetzt saß das Phantom in der Falle! Dieser Raum hatte nämlich keinen zweiten Ausgang.

Wie in einem Kriminalfilm drückte Herr Müllermeier die Klinke mit dem Fuß herunter und stieß die

Tür auf. Dann sprang er zur Seite. Wer weiß, vielleicht lauerte ihm der Kerl dahinter auf …

Doch im Bio-Zimmer tat sich nichts. Vorsichtig spähte der Hausmeister in den engen Raum, der bis zur Decke mit ausgestopften Eulen, Füchsen und Murmeltieren voll gestellt war.

Der Hausmeister blieb in der Tür stehen und wartete. Irgendwann musste der Spaßvogel aus seinem Versteck hervorkommen und dann hatte er ihn. Im Zeitlupentempo griff er nach einem dicken Lineal, das neben der Tür lehnte.

Damit bewaffnet wagte er sich nun einige Schritte weiter vor.

Der kleine Raum hatte nur zwei schmale, vergitterte Oberlichter, durch die ein wenig Licht fiel.

In einer Ecke erkannte Hausmeister Müllermeier das Prachtstück der Sammlung: einen ausgestopften, aufgerichteten Eisbären, den einmal ein Tierpark der Schule gestiftet hatte.

Halt! Was war das? Hatte sich hinter dem Tier nicht etwas bewegt? Auf Zehenspitzen schlich sich der Hausmeister heran. Hinter dem Eisbären sah er eine dunkle, zusammengekauerte Gestalt.

„Hab ich dich!", brüllte Herr Müllermeier und griff nach ihr. Mit einem lauten Schmerzensschrei zog er jedoch gleich die Hand zurück. Mehrere spitze Stacheln hatten sich in seine Haut gebohrt. Mit den Fingerspitzen griff er nach dem schwarzen Stoff, den er für den Umhang des Phantoms gehalten hatte. Es handelte sich aber nur um ein Tuch, das über ein ausgestopftes Stachelschwein gebreitet war.

Der Hausmeister durchstöberte das ganze Zimmer. Er schaute in die Schränke und unter alle Tische.

Nach etwa einer Stunde taumelte er schnaufend und schwitzend aus dem muffigen, warmen Raum. Das war doch nicht möglich! Er hatte doch mit seinen eigenen Augen den Eindringling in das Bio-Zimmer laufen sehen. Wie hatte er entkommen können? Und wer verbarg sich hinter der weißen Maske?

Vorläufig werde ich davon keinem Menschen etwas erzählen, beschloss der Hausmeister. Aber ich werde die Augen offen halten!

EINE GEHEIMNISVOLLE FLÜSSIGKEIT

„Du, Papa …"

„Verflucht!"

„Du, Papa …", meldete sich Poppi zaghaft von der Rückbank.

„Zum Teufel mit allen Einbahnstraßen!"

„Du, Papa …", versuchte Poppi es noch einmal.

„Jetzt reicht es mir!", explodierte ihr Vater. „Wir stellen den Wagen hier ab und nehmen ein Taxi. Ich komme ohnehin zu spät. Drei Uhr war vereinbart. Jetzt ist es fast halb vier!"

„Du, Papa, du wolltest mich aber vorher bei Dominik absetzen", rief Poppi, „der wartet schon seit zwei Uhr auf mich!"

„Tut mir Leid, meine liebe Tochter, aber meine Arbeit geht vor. Was kann ich dafür, dass das Wiener Straßennetz für mich ein Irrgarten ist und wohl auch immer bleiben wird. Ich habe es bisher noch nie geschafft, gleich beim ersten Versuch zu der Adresse zu gelangen, zu der ich will."

Poppi klopfte ihrem Vater tröstend auf die Schulter. Wenn es um chemische Formeln ging, war er Spitze. Im Alltagsleben versagte er aber meistens kläglich.

Gleich nachdem er einen Parkplatz gefunden hatte, winkte er nach einem Taxi. „In die Eichengasse!", rief Herr Monowitsch dem Fahrer zu, als er mit seiner Tochter einstieg.

„Wollen Sie sich über mich lustig machen?", empörte sich der Taxifahrer. „Sie *sind* in der Eichengasse!"

„Oh …" Herr Monowitsch machte ein verlegenes Gesicht und rutschte wieder aus dem Auto.

Er befand sich nicht nur in der gesuchten Straße, sondern direkt vor dem Hochhaus, das er gesucht hatte.

„Was musst du hier erledigen, Papa?", erkundigte sich Poppi, als sie mit dem Lift in den 21. Stock fuhren.

„Keine Ahnung", seufzte Herr Monowitsch. „Eine gewisse Petra Stocker hat mich angerufen. Es handelt sich um eine sehr wichtige und streng geheime Sache!" Poppis Vater verzog das Gesicht zu einem geheimnisvollen Grinsen und brachte damit seine Tochter zum Lachen.

Als die beiden aus dem Aufzug traten, wurden sie bereits von einer jungen Dame erwartet. Sie war sicher nicht älter als 35 Jahre, hatte aber trotzdem lange dunkelgraue Haare mit weißen Strähnen und ihre Augen erschienen durch eine dicke Brille stark vergrößert.

Mit ihren herabhängenden Mundwinkeln schaut sie ganz schön griesgrämig aus, die Gute, dachte Poppi. Noch etwas fiel ihr sofort auf. Das topmodische Kostüm passte überhaupt nicht zu dieser Frau.

„Herr Professor … Monowitsch?", stieß die Dame nervös hervor. Poppis Vater nickte.

„Petra … Petra Stocker. Lokalreporterin. Wir haben miteinander telefoniert. Endlich sind Sie da …" Frau Stocker zog Herrn Monowitsch in ein Bürozimmer.

Poppis Vater wollte eine Entschuldigung vorbringen, kam aber gar nicht dazu.

„Alles in Ordnung! Doch Sie müssen es sich sofort ansehen!", rief Frau Stocker und schlug Poppi die Tür vor der Nase zu.

Gleich darauf steckte ihr Vater den Kopf wieder heraus. Er verdrehte die Augen, um seiner Tochter zu zeigen, was er von dieser Stocker hielt. „Bitte die Leute im Nebenbüro, dass du Dominik anrufen darfst, okay?", flüsterte er ihr zu und verschwand.

Poppi hielt das für eine gute Idee und ging in das

Zimmer nebenan. Die Tür stand offen aber es war kein Mensch zu sehen.

Aus dem Nachbarbüro drang die Stimme der Lokalreporterin. Sie sprach nicht sehr laut, doch die Wände waren dünn. So konnte Poppi jedes Wort ohne Weiteres verstehen.

„… Es wurde mir dieses Paket übergeben. Auf die genaueren Umstände will ich nicht eingehen", sprudelte Frau Stocker hervor. „In der Schachtel finden Sie eine Flasche. Die Flüssigkeit, die sie enthält, soll folgende Eigenschaften haben …" Pause. Nun war nichts mehr zu hören. Entweder flüsterte sie jetzt oder sie hatte Herrn Monowitsch etwas zu lesen gegeben.

„Damit soll man Denkmäler zersetzen können?", hörte Poppi ihren Vater erstaunt rufen. Ein lautes Zischen der Reporterin brachte ihn zum Schweigen.

„Ja, so ist es", erklärte sie hastig. „Diese Substanz verbindet sich angeblich mit dem … äh … Schmutz der Tauben – Sie wissen, was ich meine. In dieser Verbindung vermag die Flüssigkeit alle Denkmäler Wiens zu zerstören. Ganz egal, ob aus Stein oder Metall. Die genaueren Umstände darf ich Ihnen nicht verraten. Nur so viel: Falls diese Flüssigkeit das wirklich tut, ist das für Wien eine Katastrophe. Eine Katastrophe, die nur durch viele Millionen abgewendet werden kann. Stichwort: Erpressung!"

Poppi ließ den Hörer sinken. Von dieser Unterhaltung durfte ihr kein Wort entgehen.

„Ich soll also die Substanz auf ihre Wirkung untersuchen?", fragte Herr Monowitsch.

„So ist es! Und außerdem …"

Was der Professor sonst noch tun sollte, konnte das Mädchen nicht mehr hören. Laut pfeifend war ein eleganter älterer Herr ins Zimmer getreten. „Oh", rief er überrascht, „wen haben wir denn da? Bist du meine neue Sekretärin?"

„B… b… bin ich nicht", stammelte Poppi verlegen. Ob der Mann mitbekommen hatte, dass sie lauschte?

„Was verschafft mir dann das Vergnügen?", erkundigte sich der makellos frisierte, grauhaarige Herr mit Goldrandbrille.

„Ich wollte telefonieren", antwortete Poppi wahrheitsgemäß.

„Dann tu's doch! Das Telefon beißt nicht", forderte sie der Mann schmunzelnd auf.

Während Poppi Dominiks Nummer wählte, überlegte sie fieberhaft, woher sie das Gesicht dieses eleganten Herrn kannte.

„Kascha!", meldete sich eine Stimme am anderen Ende der Leitung.

„Immer dabei!", rief Poppi in diesem Moment.

„Wie bitte?", fragte Frau Kascha. Poppi nannte nun ihren Namen und erklärte ihren merkwürdigen Ausruf. Ihr war nämlich in dem Moment, in dem Dominiks Mutter sich gemeldet hatte, eingefallen, in wessen Büro sie sich befand.

Es war das Zimmer von Peter Offenherz, dem bekannten Klatschreporter. Bei allen Festen und Partys war er dabei. Am nächsten Tag konnte man in seiner Rubrik „Immer dabei" dann lesen, welchen Kaviar es wo zu essen gegeben hatte und wie viele Liter Champagner bei welcher Gelegenheit geflossen waren.

Ein großes Porträtfoto prangte über seinen Artikeln. Deshalb war er Poppi auch so bekannt vorgekommen.

Im Telegrammstil erklärte das Mädchen Frau Kascha den Grund seiner Verspätung. Als Poppi auflegte, erschien Herr Monowitsch in der Tür. Unter dem Arm hielt er eine Pappschachtel.

„So, fertig: Wir können gehen", verkündete er. Poppi merkte sofort, dass er beunruhigt war. Er versuchte es mit Fröhlichkeit zu überspielen, aber es gelang ihm nicht wirklich.

„Also dann … vielleicht sehen wir uns bald wieder!", meinte Herr Offenherz.

Er sollte Recht behalten …

EIN NEUER FALL?

„Also, sehr schnell dreht sich das Ding aber nicht!",
stellte Axel ein wenig enttäuscht fest.

„Mein lieber Junge, du befindest dich auch nicht in
einer Wäscheschleuder, sondern in einem sich dre-
henden Restaurant!", lachte Herr Kascha.

Auf Einladung von Dominiks Eltern war die Knickerbocker-Bande nach Wien gekommen, um hier
die letzte Woche der Sommerferien gemeinsam zu
verbringen.

Zur Feier des Wiedersehens waren die vier Knickerbocker von den Kaschas auf den Donauturm eingeladen worden.

Es war der höchste Turm der Stadt, in dem ein ent-
sprechend der Rundung des Baus ebenfalls rundes
Restaurant untergebracht war. Von dort aus hatte
man einen prächtigen Ausblick auf die ganze Stadt.

Dominiks Vater zeigte den Kindern den Turm der Stephanskirche und die Hochhausanlage der UNO-City, in der mehrere Organisationen der Vereinten Nationen untergebracht sind.

Die Knickerbocker-Bande erspähte außerdem das lange, dunkle Band der Donau, das sich durch die Stadt schlängelte, und ein riesiges Rad, an dem kleine Gondeln hingen.

„Das ist das Riesenrad. Es steht im Wiener Prater – dort ist ein großer Rummelplatz!", erzählte Dominik seinen Freunden.

Die Bande beschloss, bald den Prater zu besichtigen. Um weitere Pläne zu schmieden, blieb ihnen nun keine Zeit, da gerade sechs goldbraune Wiener Schnitzel serviert wurden.

Als die Kinder gerade mit dem Essen fertig waren, ertönten mehrere Piepser und dann ein lang gezogener Pfeifton.

„Was ist das?", wunderte sich Dominik.

„Äh … Entschuldigung! Das … das ist nur meine Uhr", stammelte Axel verlegen.

„Bitte sofort herzeigen!", rief Lieselotte.

Nicht ohne Stolz streckte ihr Axel seine hypermoderne, sechseckige Armbanduhr unter die Nase.

Lilo zog die Augenbrauen hoch und sagte: „He … auf der Anzeige steht: ‚Mama anrufen!' Die Schrift blinkt. Was soll das bedeuten?"

„Die Uhr habe ich für mein Zeugnis geschenkt bekommen", berichtete der Junge. „Sie zeigt nicht nur die Zeit, sondern hat außerdem einen Zeitmesser, einen Wecker und einen Memospeicher!"

„Memospeicher? Dieser Ausdruck kann nur aus der Computerfachsprache stammen", stellte Dominik mit Kennermiene fest.

Axel nickte. „So ist es! Du kannst der Uhr kurze Nachrichten eingeben, die du auf keinen Fall vergessen darfst. Zu einem bestimmten Zeitpunkt macht sie dich dann darauf aufmerksam. Wenn du willst, sogar mehrere Male!"

„Ein schlaues Ding!", meinte Lieselotte anerkennend. „Sieht man ihr auf den ersten Blick überhaupt nicht an."

„Jetzt hat mich die Uhr daran erinnert, dass ich meine Mutter anrufen soll. Sie will wissen, ob ich auch bestimmt gut angekommen bin."

„Das kannst du dann von zu Hause aus machen, Axel", sagte Frau Kascha. „Aber jetzt schlage ich vor, dass wir als Nachspeise noch einen Apfelstrudel vertilgen!"

Keiner widersprach.

Die nicht gerade große Wohnung der Kaschas war für die kommende Woche etwas verändert worden.

Axel sollte bei Dominik schlafen, der ein Stockbett

hatte. Die untere Etage hatte bisher als Spielzeugaufbewahrung gedient und fand nun endlich als Schlafplatz Verwendung.

Das Esszimmer, das gleichzeitig Herrn Kascha als Arbeitsraum diente, wurde zum Mädchenzimmer umfunktioniert. Poppi und Lilo machten sich gleich ans Auspacken.

„Sag einmal … ist etwas mit dir?", fragte Lieselotte ihre Freundin. Ihr war aufgefallen, dass Poppi die ganze Zeit über ungewöhnlich wortkarg gewesen war.

„Ich … ich … weiß nicht, ob ich darüber reden darf", begann das Mädchen.

Lieselotte ließ sich auf ihre Matratze fallen und bedeutete Poppi, sich zu ihr zu setzen. „Schieß los! Wo brennt's?", fragte sie. „Hast du vielleicht wieder heimlich ein Tier mitgebracht?"

Poppi schüttelte den Kopf. Stockend berichtete sie dem Superhirn der Knickerbocker-Bande von den Ereignissen in der Zeitungsredaktion. „Ich weiß, dass man nicht lauschen darf", meinte sie abschließend, „aber es hat sich so ergeben."

„Keine unnötige Aufregung", beschwichtigte sie Lieselotte. Die Juniordetektivin war neugierig geworden. Ihre Krimigrübelzellen ratterten bereits auf Hochtouren. „Man müsste an diese Petra Stocker herankommen und ihr ein bisschen auf den Zahn fühlen", murmelte sie.

Poppi winkte ab.

„Vergiss es! Die Redaktion wird von einem Portier bewacht, der aussieht, als würde er zum Frühstück Kinder verspeisen. Der wollte mich schon nicht hineinlassen, obwohl mein Vater dabei war."

Lilo zwirbelte ihre Nasenspitze und überlegte fieberhaft.

Oh nein, dachte Poppi, warum habe ich Lieselotte das bloß erzählt? Eigentlich habe ich fürs Erste genug von Abenteuern.

„Alle mal herkommen!", rief Frau Kascha aus dem Wohnzimmer. „Ich habe etwas für euch!"

Neugierig stürzten die vier zu ihr.

Dominiks Mutter schwenkte ein kleines Heft durch die Luft.

„Das, meine Lieben, ist ein so genannter Ferienspielpass. Darin findet ihr an die hundert Ferienaktionen, die euch begeistern werden. Morgen könnt ihr euch alle im Wiener Rathaus so einen Spielpass holen. Bei jeder Veranstaltung bekommt ihr nämlich Marken, die in den Pass geklebt werden müssen. Wenn ihr das Blatt mit den gesammelten Marken abgebt, nehmt ihr an der Verlosung von ‚Wünsch-dir-was-Preisen' teil. Ihr könnt euch etwas wünschen und wenn ihr gewinnt …"

„Tolle Sache!", rief Lilo und blätterte das Heftchen gleich durch.

Da blieb ihr Blick an einer Seite hängen.

„Wie heißt die Zeitung, die deinen Vater um Hilfe gebeten hat?", raunte sie Poppi zu.

„Die ‚Große Zeitung', warum?", flüsterte Poppi.

„Nur so", murmelte Lilo. Dabei huschte ein zufriedenes Lächeln über ihr Gesicht.

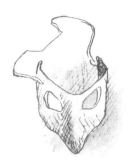

DIE STIMME
AUS DEM FUSSBALLTOR

Ungefähr zur gleichen Zeit drehte Herr Müllermeier eine weitere Runde durch das Schulhaus. Die Sache mit dem Phantom ließ ihm keine Ruhe.

Er hatte kurz nach dem Vorfall die Klasse durchsucht, in der der Eindringling am Werk gewesen war. Viel hatte der Hausmeister allerdings nicht entdeckt. Neben der Tafel lag nur etwas weißer Staub auf dem Holzboden. Mehr war nicht zu finden.

Da es bereits dämmerte, hatte Herr Müllermeier alle Lichter im Gang angemacht. Zum Glück gab es einen Zentralschalter. Alle Klassenzimmer hatte der „Ohrenbär" abgeklappert. Überall hatte er seine Nase hineingesteckt, doch ohne Erfolg. Die Spukgestalt blieb verschwunden.

Jetzt noch der Turnsaal, dachte er und lenkte seine Schritte zu dem großen Seitentrakt.

Zögernd griff er nach der Klinke der Saaltür. Er drückte sie vorsichtig herunter und riss die Tür mit einem Ruck auf. Gebannt wartete er, was geschehen würde.

Doch nichts rührte sich.

Nun tastete Herr Müllermeier die Wand neben dem Türrahmen ab. Hier befanden sich die Lichtschalter. Seine Hand zitterte leicht, als sie die Knöpfe endlich gefunden hatte.

„Du spinnst ja, Ferdinand", sagte er laut zu sich.

Es dauerte mehrere Sekunden, bis die Neonröhren an der Saaldecke flackernd aufleuchteten.

Leer und ausgestorben lag die Halle vor ihm.

Mit zackigen Schritten marschierte Herr Müllermeier durch die Halle auf eine breite, metallene Schiebetür zu. Schwungvoll schob er sie zur Seite.

Ein länglicher, düsterer Raum lag dahinter: die Gerätekammer. Hier standen ein Kasten, ein Bock, der Barren und daneben lag ein Stapel Matten.

Ganz rechts an der Wand war das Stangengerüst untergebracht, das als Hallenfußballtor diente.

„Nichts", sagte der Hausmeister laut. „Auch hier nichts. Langsam glaube ich, heute Vormittag einem Trugbild zum Opfer gefallen zu sein!"

Herr Müllermeier wollte sich schon daranmachen, die Schiebetür zu schließen, als er plötzlich innehielt. Hatte da nicht jemand seinen Namen gerufen?

Seine großen Ohren wackelten vor lauter Aufregung leicht hin und her. Er drehte den Kopf nach allen Seiten. Nein! Das war nur Einbildung gewesen.

„Ferdinand!", wimmerte da auf einmal eine hohe, singende Stimme. Sie klang wie aus einer anderen Welt. So fern und verhallt.

„Was … wer … wer ruft mich?", stotterte der Hausmeister.

„Feeerrrrdiiiinaaaand!", erklang es wieder.

Nur mit Mühe konnte Herr Müllermeier die Ruhe bewahren. Er umklammerte den Griff der Schiebetür und versuchte zu orten, woher die Rufe kamen.

„Ferdinaaa…" Mitten im Wort erstarb die Stimme mit einem würdigen Ächzen.

Der Hausmeister stieß ein lautes „Hilfe!" hervor und hastete zur Ausgangstür. Er stürzte auf den Gang, schlug die Tür hinter sich zu und drehte den Schlüssel zweimal um.

Keuchend lehnte er sich gegen die Wand.

Was war hier los? Spielte ihm sein Gehirn einen Streich? Oder hatte er tatsächlich eine Stimme aus dem Fußballtor vernommen?

Entnervt wischte er sich mit seinem Taschentuch den Schweiß von der Stirn. Heute Abend setzte er seinen Fuß sicher nicht mehr in den Turnsaal. Aber morgen würde er der Sache nachgehen …

Es war kurz vor 10 Uhr, als die vier Knickerbocker am Dienstag beim Wiener Rathaus eintrafen.

„Seht ihr den Mann auf dem mittleren Turm?", fragte Dominik und deutete nach oben.

„Wer ist denn das?", wunderte sich Axel. „Ein Ritter als Wetterhahn?"

Dominik lachte. „Nein, das ist der berühmte Rathausmann. Von hier unten sieht er klein aus. In Wirklichkeit misst er stattliche 3 Meter und 40 Zentimeter. Stellt euch vor, damit es von starken Sturmböen nicht vom Dach geweht werden kann, ist das Ritterstandbild nicht festgeschraubt!"

„Das soll wohl ein Witz sein", kicherte Poppi. „Dann wäre es doch schon längst heruntergefallen!"

Dominik winkte ab. „Nein, die Figur ist an einem Pendel befestigt. Bei einem richtigen Sturm kann sie dadurch leicht hin und her schwanken und der Naturgewalt trotzen!"

Axel musste über den komplizierten Satz seines Knickerbocker-Kumpels grinsen und meinte. „Na, hoffentlich wird der Rathausmann bei Sturmstärke 7 dann nicht seekrank!"

Dominik hatte noch etwas auf Lager: „In der Stadtbibliothek im Rathaus befindet sich ein 400 Jahre altes Kochbuch. Ich war einmal mit der Schule hier und der Bibliothekar hat uns ein Stück daraus vorgelesen. Stellt euch vor: Damals haben die Menschen noch

Adler mit Knödeln, gebratene Eichhörnchen und Salat, Igel in saurer Sauce, gebratene Schwäne und Murmeltiere gegessen!"

„Pfui!", lautete Poppis Kommentar.

„Adler werden doch auch heute noch gegessen!", sagte Axel.

Die anderen starrten ihn entsetzt an.

„Na ja", meinte der Junge schelmisch, „zu alten und zähen Brathühnern sagt man ja manchmal ‚Gummiadler'!"

Er prustete los und die vier schlenderten lachend durch eine Tür, über der ein Schild mit der Aufschrift „Ferienspielstand" hing.

„Wir sind die Knickerbocker-Bande", stellte Axel sich und die anderen vor. „Wir hätten gerne Ferienspielpässe!"

„Sehr erfreut, ich heiße Uschi", lächelte das Mädchen hinter dem Pult und händigte ihnen die gewünschten Heftchen aus.

Während die anderen Knickerbocker ihre Namen auf der ersten Seite eintrugen, bemerkte Dominik, dass er von Uschi besonders neugierig gemustert wurde.

Wahrscheinlich hat sie mich erkannt, dachte er stolz. Er wollte schon eine Bemerkung über seine Arbeit am Theater fallen lassen, als ihm Lieselotte einen Strich durch die Rechnung machte.

Sie drängte ihre Freunde sich zu beeilen.

Als sie wieder auf der Straße standen, erklärte sie, was sie vorhatte: „Auf Seite 27 des Ferienspielpasses steht, dass in zwanzig Minuten eine Führung durch die Redaktion der ‚Großen Zeitung' beginnt. Die dürfen wir unter keinen Umständen versäumen!"

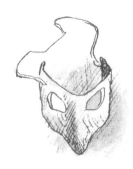

LILO BEKOMMT
EINEN ANFALL

„Kindern ist der Zutritt in das Redaktionsgebäude untersagt", schnauzte der Pförtner die vier Freunde beim Eingang an.

Die Knickerbocker zogen daraufhin lächelnd die Ferienspielpässe aus der Tasche und winkten dem grimmigen Mann damit zu.

„Nichts da!", rief dieser und erhob sich drohend. „Die Führungen haben nur im Juli stattgefunden. Und jetzt haben wir August. Abmarsch, meine Herrschaften!" Mit dem Daumen zeigte er in Richtung Straße und grinste triumphierend.

„Verfluchter Gämsenmist!", schimpfte Lilo. „Ich habe mich verlesen!"

Vor dem Zeitungsgebäude hielt ein Taxi mit quietschenden Reifen. Eine Dame in einem pinkfarbenen Hosenanzug sprang heraus. Sie trug einen wagenradgroßen bonbonrosa Hut, unter dem lange, dunkelgraue Haare hervorlugten.

„Das ist sie … die Reporterin, von der ich dir erzählt habe", flüsterte Poppi ihrer Freundin zu.

Lilo unterdrückte ein Lachen. „Entweder hat sie zwei Kilogramm Zwiebeln geschnitten oder sie verträgt ihre Kontaktlinsen nicht. Sie hat ja knallrote Augen. Und schau, wie ihr die Tränen über den Verputz rieseln! Die ist ja grauenhaft geschminkt!"

Petra Stocker stöckelte an den Kindern vorbei. Den Kopf hielt sie hochnäsig in die Luft gestreckt.

„Das macht sie sicher, damit ihr die Kontaktlinsen nicht rausrutschen", raunte Lilo den anderen zu. Ein mittelstarkes Lachkonzert war die Folge.

„Jetzt reicht es! Verschwindet! Dalli, dalli!", schrie der Pförtner und stürzte wutentbrannt aus seiner Glaskabine.

„Aber, aber, Herr Finsterich, warum denn so aufgebracht?", fragte eine ruhige Stimme hinter den Kindern. Die vier drehten sich um und erblickten einen älteren Herrn mit einer Goldrandbrille. Er schmunzelte und zwinkerte Poppi zu.

„Dich kenne ich doch! Möchtest du vielleicht für die ‚Große Zeitung' schreiben?"

„Nein … wir … wissen Sie, wir wollten an der Führung teilnehmen", stotterte Poppi. „Aber die findet leider nicht mehr statt!"

„Bitte, Herr Offenherz", mischte sich der Pförtner ein, „sagen Sie den Kindern, dass sie sich hier nicht auf einem Spielplatz befinden. Sie sollen gehen!"

Der Klatschreporter warf dem Pförtner einen mitfühlenden Blick zu. „Wirklich entsetzlich, diese Kinder!", murmelte er ernst. „Wirklich entsetzlich und sie *werden* sofort gehen", setzte Herr Offenherz fort, „nämlich mit mir! Ich werde für sie eine Spezialführung durch unsere heiligen Hallen machen!", verkündete er und amüsierte sich über das verdutzte Gesicht des Pförtners.

„So … und jetzt machen wir noch einen Sprung in die Druckerei, die unserem Haus angeschlossen ist", sagte Herr Offenherz, nachdem er der Knickerbocker-Bande alle Zimmer der einzelnen Redakteure und Reporter gezeigt hatte.

„Mir … oh nein … aua!" Wimmernd hielt sich Lilo die Hand auf den Bauch. Sie krümmte sich und wurde von heftigen Krämpfen geschüttelt.

„Um Himmels willen, Kind, was ist mit dir?", rief Herr Offenherz.

„Das … das geht schnell vorbei … Ich brauche nur ein Glas Wasser! Schnell!", stöhnte Lieselotte.

„Lilo … was hast du?", fragten ihre Freunde beunruhigt. Als Antwort erhielten sie aber nur ein Ächzen und Schnaufen.

Herr Offenherz stützte Lilo und führte sie in sein Büro. Er kippte die Lehne des Stuhls nach hinten und schob das Mädchen vorsichtig auf das so entstandene Notbett. Ihre Füße hob er auf den Schreibtisch.

„Geht es dir schon besser?", fragte Poppi.

Lilo hatte die Augen geschlossen und nickte. Ab und zu zuckte sie zusammen und verzog das Gesicht vor Schmerz. „Bitte … bitte … geht weiter und lasst mich ein paar Minuten allein. Bitte … das ist das Beste!", hauchte sie.

Der Reporter stellte ein Glas Wasser auf den Tisch und warf Lilo noch einmal einen besorgten Blick zu.

Schließlich setzten die drei übrigen Knickerbocker mit Herrn Offenherz den Rundgang fort. Kaum waren ihre Schritte auf dem Gang verklungen, huschte ein zufriedenes Lächeln über Lieselottes Gesicht. So, als wäre nichts gewesen, glitt sie vom Stuhl und streckte sich.

Im Nebenraum schrillte das Telefon.

„Ja … Stocker!", hörte sie eine Frauenstimme sagen. „Ja, ich komme, Herr Chefredakteur!" Der Hörer wurde auf den Apparat geknallt. Gleich darauf riss Frau Stocker ihre Zimmertür auf und trippelte den Gang hinunter.

Lilo streckte vorsichtig den Kopf hinaus und beobachtete, wo die Reporterin hinlief. Die Frau verschwand hinter einer Milchglastür.

Als die Luft rein war, huschte das Mädchen zu der Glastür und versuchte etwas zu erlauschen. Doch es herrschte absolute Stille.

Am Rand der Glasscheibe entdeckte Lilo einen schmalen, durchsichtigen Streifen, durch den sie in das Büro blinzeln konnte. Sie erspähte einen leeren Schreibtisch ... und daneben eine Tür.

Aha, das ist also nur das Vorzimmer, in dem normalerweise die Sekretärin sitzt, dachte Lilo und sah sich um. Der Gang war leer. Zaghaft klopfte sie an die Scheibe. Nichts ... keine Antwort.

Lilo drückte die Klinke herunter und schlüpfte in das Zimmer. Sie hielt den Atem an und lauschte.

Aus dem Büro des Chefredakteurs drang gedämpftes Gemurmel, das sie aber nicht verstehen konnte. Hastig sah sich Lilo um. Auf dem Schreibtisch der Sekretärin entdeckte sie ein graues Kästchen mit zahlreichen bunten Knöpfen.

„Chef" stand auf einem Schild unter einem roten Knopf.

Das Superhirn der Knickerbocker-Bande ließ sich auf den Schreibtischsessel sinken und drückte auf diesen Knopf. Ein leises Knacken ertönte und schon vernahm Lilo eine tiefe Männerstimme aus dem Lautsprecher.

EINE STATUE
WIRD LEBENDIG

„Hat eure Freundin das öfter?", erkundigte sich Herr Offenherz.

„Äh … nun ja …", begann Dominik ratlos.

Axel, dem langsam dämmerte, warum Lieselotte diesen Anfall gehabt hatte, rettete die Lage. „Ja, ja, drei- bis viermal im Jahr", stieß er hervor. „Aber bisher haben wir ihre Anfälle noch nie miterlebt."

„Armes Mädchen", meinte der Klatschreporter. Er hatte einmal eine Schauspielerin gekannt, die unter ähnlichen Beschwerden gelitten hatte. Wer war das nur gewesen?

Herr Offenherz trat nun mit Axel, Poppi und Dominik in den großen Hof, wo zahlreiche Lastwagen parkten. In der Mitte befand sich eine über zwei Meter hohe Statue aus Stein, die eine griechische Göttin darstellte.

„Das ist Pallas Athene, die Göttin der Weisheit", erklärte Herr Offenherz. „Mir ist bis heute unklar, was sie hier zu suchen hat. Auf jeden Fall dreht sie der Redaktion den Rücken zu." Er lachte über seinen Scherz und wollte weitergehen.

„Einen Moment bitte!", rief Axel. Er war stehen geblieben und betrachtete die Statue prüfend. Irgendetwas stimmte mit dem Ding nicht.

„Du willst doch nicht sagen, dass dir diese kitschige Scheußlichkeit gefällt?", fragte Dominik.

Axel schüttelte den Kopf. „Das nicht, aber sie hat sich bewegt … ehrlich!"

Poppi tippte sich mit dem Zeigefinger an die Stirn. „Leichter Sonnenstich, Axel, hä?", kicherte sie.

„Da … da … die Finger der rechten Hand!", rief Axel. „Sie bewegen sich!"

Herr Offenherz nahm seine Brille ab und ging näher an die Steinfigur heran. Tatsächlich! Der Junge hatte Recht.

Nun war ein leises Knirschen und das Rieseln von Sand zu hören.

Poppi war sprachlos. „Der Kopf", brachte sie endlich hervor. „Seht doch nur, er dreht sich! Die Statue lebt!"

Auch die Falten des wallenden Umhanges und der Helm der Göttin gerieten in Bewegung. Kleine Steinstückchen lösten sich und sausten durch die Luft.

„Au!", schrie Dominik auf. „Das brennt! Etwas hat mich am Hals verbrannt! Au … tut das weh!"

„In Deckung!", brüllte Axel und riss seine beiden Freunde hinter einen Lastwagen.

Herr Offenherz konnte sich vom Anblick der Steinfigur nicht trennen. Er war fassungslos. So etwas hatte er in seinem ganzen Leben noch nicht erlebt. Nicht mal auf einer seiner Kaviar-Partys.

Der Stein schien auf einmal weich zu werden. Dünne Rauchzungen stiegen aus den Rissen auf, die sich nach und nach über die ganze Statue zogen.

Es knackte plötzlich laut und der Kopf der Göttin rollte von ihren Schultern. Er zerschellte auf dem Pflaster. Dadurch wurde der Reporter endlich aus seiner Starre gerissen und rannte nun auch zu den drei Knickerbockern.

„Könnt ihr euch das erklären?", flüsterte er heiser. Seine Kehle war vor Aufregung staubtrocken.

„Nein, wirklich nicht", stöhnte Axel, der die Statue gebannt beobachtete. Er traute seinen Augen nicht. Die Statue zerging wie Schokolade in der Sonne. Es waren nur noch die Beine und Füße übrig. Der Rest floss als dicklicher Brei auf einen Kanaldeckel zu. Ein stechender Geruch erfüllte die Luft.

„Wir müssen ins Haus!", rief Dominik. Die drei Knickerbocker und Herr Offenherz rannten los und brachten sich in Sicherheit.

Keine Sekunde zu früh! Mit einem Knall explodierte der Rest der Statue. Dort, wo früher Pallas Athene gestanden hatte, war nur noch ein schwarzer Fleck.

Selbstverständlich war die Explosion auch im Büro der Chefsekretärin zu hören. Allerdings nahm Lilo keine Notiz davon. Sie war viel zu sehr mit der Gegensprechanlage beschäftigt. Mit ihr konnte das Superhirn das Gespräch im Zimmer des Chefredakteurs mitverfolgen.

„Jetzt erzählen Sie mir das noch einmal der Reihe nach, Frau Stocker", sagte der Chefredakteur gelangweilt.

„Es hat mit einem Anruf begonnen. Ich wurde von einem Mann … der Stimme nach hätte es aber auch eine Frau sein können … zum ‚Stock im Eisen' bestellt", sprudelte Frau Stocker aufgeregt hervor. „Das war vor zwei Tagen. Sie wissen doch, was der ‚Stock im Eisen' ist?"

„Bitte, Frau Stocker, halten Sie mich für einen Quadrattrottel?", stöhnte der Chefredakteur. „Natürlich kenne ich den ‚Stock im Eisen'. Es handelt sich um einen Baumstamm, der bereits mehrere hundert Jahre alt sein muss. Früher hat jeder Handwerksbursche, der in die Stadt gekommen ist, einen Nagel in das Holz geschlagen. Und vor lauter Nägeln ist kaum noch etwas vom Holz zu sehen. Daher der Name ‚Stock im Eisen'. Der Platz, auf dem diese Sehenswürdigkeit zu bewundern ist, heißt demnach ‚Stock-im-Eisen-Platz'. Habe ich die Wienprüfung bestanden?"

„Jajajaja", beschwichtigte ihn die Reporterin und plapperte weiter: „Und in einem Abfalleimer, drei Schritte vom ‚Stock im Eisen' entfernt, würde ich zwei schwarze Plastiksäcke finden – hat der Anrufer gesagt. So war es auch. In einem Sack war eine Flüssigkeit, im anderen ein Brief. Er stammt von einer Organisation, die sich ‚Basilisk' nennt."

„Wie die Wiener Sagenfigur. Ein scheußliches Ungeheuer, eine Kreuzung aus Kröte und Hahn mit einem zackigen Schuppenschweif, bei dessen Anblick jeder sterben muss. Stimmt's?", fragte der Chefredakteur spöttisch.

„Herr Schlager", empörte sich Frau Stocker, „bitte nehmen Sie die Sache etwas ernster. Sie werden gleich verstehen, warum." Die Frau atmete kräftig durch und setzte dann fort: „Die Organisation ‚Basilisk' behauptet, dass diese Flüssigkeit alle Denkmäler Wiens innerhalb einer Nacht zerstören kann. Um das zu verhindern, fordert die Bande Geld. Von wem und wie hat sie noch nicht mitgeteilt. Und stellen Sie sich vor, Herr Schlager …", wisperte die Reporterin, „der Brief ist gleich, nachdem ich ihn gelesen hatte, zu weißem Pulver zerbröselt."

Der Chefredakteur schwieg.

„Ich werde die weiteren Einzelheiten heute Abend erfahren. Um fünf Uhr soll ich in den Katakomben unter dem Stephansdom die nächsten Anweisungen erhalten. Das wurde mir vor knapp einer Stunde am Telefon mitgeteilt. Auf jeden Fall sollen wir übermorgen in unserer Ausgabe die ganze Sache als Titelgeschichte veröffentlichen – so wünscht es ‚Basilisk‘!", schloss Frau Stocker ihren Bericht.

„Und wer garantiert uns, dass es sich nicht um einen Scherz handelt?", wollte der Chefredakteur wissen.

„Der bekannte Chemiker Professor Monowitsch untersucht die verdächtige Flüssigkeit. Morgen Abend liegen seine Ergebnisse vor."

Da um diese Jahreszeit gute Schlagzeilen selten waren, fand der Chefredakteur langsam Gefallen an der Geschichte. „Frau Stocker, bereiten Sie den Artikel vor und halten Sie mich auf dem Laufenden!"

„Wird gemacht", sagte die Reporterin nicht ohne Stolz. Bisher hatte sie nur winzige Meldungen über völlig uninteressante Themen schreiben dürfen. Das war ihre erste große Story!

„Sollen wir nicht die Polizei einschalten?", überlegte Herr Schlager laut.

„Nein, nein, nur das nicht", wehrte Frau Stocker ab.

Hinter Lilo wurde die Tür aufgerissen.

„Darf ich wissen, was du hier suchst?", fragte eine scharfe, hohe Stimme.

Entsetzt starrte das Mädchen in das wütende Gesicht der Chefsekretärin.

„Ich?", flötete Lilo unschuldig. Dann verdrehte sie die Augen, stöhnte „Wasser …" und rutschte auf den Boden. Sie war in Ohnmacht gefallen.

DER UNTERIRDISCHE FRIEDHOF

„Mädchen, du machst Sachen", seufzte Frau Kascha, als sie Lieselotte und ihre Knickerbocker-Freunde mit dem Auto vom Zeitungsgebäude abholte.

„Keine Sorge, es ist wieder alles in Ordnung", sagte Lilo frisch und munter. „Das kommt ab und zu vor, vergeht aber ebenso schnell. Ehrlich! Sie können gerne meine Mutter anrufen und sie danach fragen."

Diesen Vorschlag machte Lieselotte aber nur, weil ihre Mutter zurzeit in Schweden unterwegs war. Und zum Glück ging Frau Kascha nicht näher darauf ein. Sie war zu sehr mit dem Straßenverkehr beschäftigt.

Dominik, Axel und Poppi nutzten die Gelegenheit und schilderten Lilo leise, was im Hof des Zeitungsgebäudes geschehen war. Sie hielten es für vernünftig, Dominiks Mutter nicht einzuweihen. Sie könnte sich zu sehr aufregen. Die kleine Verletzung, die der Junge am Hals davongetragen hatte, war halb so schlimm und tat kaum noch weh.

„Also doch", murmelte Lieselotte, „es gibt diese Organisation ,Basilisk'. Das war ihr erster Warnschuss, um zu zeigen, dass man sie ernst nehmen muss."

„Ich schlage vor, heute Nachmittag bleibt ihr zu Hause", meldete sich Frau Kascha von vorne.

„Nein!", riefen die Knickerbocker im Chor.

„Um Viertel vor fünf findet nämlich eine Ferienspielführung durch die Katakomben statt", verkündete Lieselotte. „Da will ich unbedingt dabei sein."

Dominiks Mutter blickte erstaunt in den Rückspiegel. „Eine Führung durch die Katakomben? Wisst ihr überhaupt, was das ist?"

„Klar", rief Dominik, „so eine Art Lagerhalle für Knochen und Skelette. Unter der Stephanskirche!"

Poppi blickte ihn mit weit aufgerissenen Augen an. „Wie bitte?", fragte sie.

„Dominik hat etwas übertrieben", beruhigte sie Frau Kascha. „Die Katakomben sind der größte unterirdische Friedhof der Welt. Dort liegen zum Beispiel einige österreichische Herrscher und zahlreiche Domherren von St. Stephan begraben. Außerdem haben die Katakomben bis vor etwa hundert Jahren auch als Friedhof für das Volk gedient. Allerdings dürft ihr euch keine Gräber mit Grabsteinen erwarten. Die Särge der Toten wurden damals in riesigen Kammern übereinander gestapelt. War eine Kammer voll, wurde sie zugemauert."

„Bei Platzmangel", berichtete Frau Kascha weiter, „mussten Sträflinge alte Grabkammern öffnen und die Knochen und Totenschädel herausholen. Die Gebeine wurden gewaschen und in einer anderen Grabkammer sozusagen Platz sparend übereinander geschichtet."

„Jaja, die Katakomben sind eine Sammlung der grässlichsten Totenschädel und Skelette", krächzte Axel mit Gruselstimme, um Poppi Angst einzujagen.

„Also, ich will das auf jeden Fall sehen", sagte Lieselotte.

„Ich komme mit!", beschloss Axel. Auch Dominik war mit von der Partie. Nur Poppi zögerte.

„Weißt du was, wir beide gehen eine echte Sachertorte essen", schlug Frau Kascha dem Mädchen vor. „Einverstanden?"

Natürlich war Poppi einverstanden. Aber ihre Freunde wollten sich die Köstlichkeit auch nicht entgehen lassen und versprachen später nachzukommen.

„Die Katakomben … ein seltsamer Ort für ein Treffen", überlegte Lilo laut. Wer dort wohl – außer Frau Stocker – noch auftauchen würde?

An diesem Nachmittag brannte die Sonne ziemlich heiß vom Himmel. Auf dem Platz vor dem Stephansdom bewegten sich die Menschen alle etwas langsamer als sonst. Die Hitze machte jedem zu schaffen.

Lieselotte, Axel und Dominik hatten gegenüber dem „Riesentor" – dem Haupteingang der Stephanskirche – Stellung bezogen.

„Der Turm", Dominik deutete in die Höhe, „ist mit 137 Metern der dritthöchste Kirchturm der Welt!"

„Sehr gut, Kascha, setzen!", flötete Lilo.

„He, da kommt es … unser rosarotes Panthermädchen", flüsterte Axel.

Petra Stocker trippelte in ihrem knallrosa Hosenanzug herbei. Um den Hals hatte sie einen weißen Seidenschal geschlungen und auf der Nase balancierte sie eine mächtige dunkelblaue Sonnenbrille. Ständig blickte sie sich nach allen Seiten um.

„Hat wahrscheinlich Angst vor Verfolgern", meinte Lilo.

Die Reporterin hielt eine längliche Handtasche unter dem Arm und stelzte durch das „Riesentor". Die drei Juniordetektive folgten ihr mit einigem Abstand.

„Wahnsinn!", staunte Lieselotte, als sie das prächtige Kirchenschiff betrat.

„Siehst du die Kanzel?", flüsterte ihr Dominik zu. Lilo nickte.

„Darunter ist ein Fenster in den Stein gehauen, aus dem sich ein Mann herauslehnt. Das ist Meister Pilgram, ein Dombaumeister. Er hat sich unter der Kanzel selbst ein Denkmal gesetzt. Die Wiener nennen ihn den ‚Fenstergucker‘! Und schau … die Kröten auf dem steinernen Geländer der Kanzelstiege. Sie sind Zeichen für das Böse. Und der Hund, den du hier siehst, hindert sie daran nach oben zu kriechen. Er ist das Zeichen für das Gute.“

„Kommt jetzt endlich“, zischte Axel. „Die Stocker ist eine Treppe hinuntergelaufen, dort vorne.“

Hastig gingen die drei Knickerbocker zu dem Treppenabgang.

„Zu den Katakomben“ stand auf einem Schild. „Nächste Führung 17 Uhr. Treffpunkt hier.“

Axel sah auf die Uhr. „Das ist ja jetzt! Hier soll doch diese Führung beginnen! Warum ist niemand da?“

Am Fuß der Treppe fiel eine schwere Tür zu. Lilo bedeutete ihren Kumpeln ihr zu folgen und stürzte hinunter.

47

DIE GRÄFIN VON SCHRECK

Lieselotte klopfte energisch gegen das schwarze Metalltor. Zum Glück wurde ihr Klopfen gehört. Das Schloss knackte und die Tür ging ein Stück auf.

„Bitte … wir wollen noch bei der Führung mit", keuchte das Mädchen. Der junge Mann, der offensichtlich der Führer war, nickte und ließ sie eintreten. In einem kleinen Vorraum warteten ungefähr zwanzig Touristen.

Der Rundgang führte die Knickerbocker-Freunde zu all den schaurigen Plätzen der Katakomben, die ihnen Frau Kascha beschrieben hatte.

Die kühle, muffige Luft und das düstere Licht verursachten bei Axel, Lilo und Dominik ein unbehagliches Gefühl.

Allein möchte ich hier nicht unterwegs sein, dachte Axel, als er durch ein kleines Loch in der Wand auf ei-

nen Knochenberg blickte. Teile eines verfallenen Sarges waren noch zu erkennen.

Die Juniordetektive blieben immer am Ende der Gruppe, während sich die Reporterin meistens in der Nähe des Führers aufhielt.

„Im nächsten Raum haben Sie die Möglichkeit in eine Pestgrube zu schauen", erklärte der junge Mann. „Als in Wien diese fürchterliche Seuche wütete, konnten die Bewohner ihre Toten nicht mehr richtig begraben. Die Leichen wurden in Tücher gewickelt und durch ein Loch auf dem Platz vor dem Dom in eine Pestgrube geworfen.

Die Gebeine können Sie in der nächsten Kammer durch eine Öffnung in der Wand sehen. Keine Angst, es besteht keine Ansteckungsgefahr mehr."

Die Besucher kicherten verlegen und zwängten sich durch den schmalen Eingang. Axel, Lilo und Dominik warteten draußen. Sie standen in eine dunkle Nische gedrückt und rührten sich nicht. Vielleicht hatte die Reporterin die ohnmächtige Lieselotte im Vorzimmer des Chefredakteurs gesehen. Es war besser, wenn sie das Mädchen nun nicht zu Gesicht bekam.

Nach und nach verließen die Touristen die finstere Pestgrube und gingen weiter. Dominik wollte sich der Gruppe schon anschließen, als ihn Lilo auf einmal am Arm packte.

„Nicht, halt … die Stocker ist noch drinnen!"

Axel machte eine abwehrende Handbewegung und sagte: „Blödsinn, die ist sicher schon weitergegangen." Dennoch wollte er lieber nachsehen und schlich zu dem schmalen Eingang. Er streckte den Kopf vorsichtig über die Mauerkante und warf einen Blick hinein. Sofort zuckte er zurück. Er hatte eine knallrosa Gestalt gesehen. Lieselotte hatte Recht! Lautlos huschte er zum Versteck zurück.

Einige Sekunden verstrichen. In der Ferne war das Gemurmel der Gruppe zu hören.

„Da sind Sie ja endlich", ertönte plötzlich eine tiefe Frauenstimme.

„Wie … wie vereinbart", piepste Frau Stocker und räusperte sich.

„Hierrr … in diesem Papierrr stehen unserrre weiterrren Anweisungen", knurrte die Stimme und rollte dabei jedes r.

Die Reporterin wagte zu fragen: „Wer … wer sind Sie … ?"

Ein höhnisches Lachen war die Antwort. „Das tut nichts zurrr Sache. Aberrr, wenn Sie es wollen, nennen Sie mich Grrräfin von Schrrreck!" Wieder erschallte ihr schauriges Gelächter, das langsam leiser wurde.

Gleich darauf trippelte die Reporterin aus der Grabkammer. In ihren zitternden Fingern hielt sie einen schwarzen Zettel. Selbst im schummrigen Licht der Katakomben konnten die Knickerbocker eine weiße Schrift darauf erkennen.

Die drei Juniordetektive wagten kaum zu atmen. Frau Stocker durfte sie unter keinen Umständen bemerken.

Die Reporterin war aber ohnehin viel zu sehr mit ihren Gedanken beschäftigt. Hastig stopfte sie das Blatt in die Tasche. Ohne nach links oder rechts zu schauen, bog sie um die Ecke und verschwand in dem langen Gang.

Gleich darauf torkelten die drei Knickerbocker-Freunde aus ihrem Versteck. Ihre Knie waren vor Schreck butterweich und alle drei hatten starkes Herzklopfen. Von Frau Stocker war nichts mehr zu hören. Sie waren nun ganz allein. Oder doch nicht?

Nebenan befindet sich womöglich noch diese Gräfin von Schreck, schoss es Axel durch den Kopf. „Sollten wir nicht doch lieber zurück in die Nische und noch ein bisschen abwarten?", flüsterte er.

Lieselotte schüttelte den Kopf. Sie gab dem Jungen ein Zeichen, sich eng an die Mauer zu pressen, in der sich der Durchgang zur Pestgrube befand. Vorsichtig tasteten sich die drei näher an die Öffnung heran.

Das Superhirn der Bande drückte die Wange an die feuchten, kühlen Ziegelsteine und versuchte in den Nebenraum zu spähen.

„Die Luft ist rein!", verkündete Lilo, entspannte sich und schritt mutig in die Kammer. Zögernd folgten ihr Axel und Dominik.

Der Raum war leer. Durch ein Loch in der Wand sahen die drei auf einen Berg aus Knochen und Totenschädeln. Es war nichts Auffälliges zu entdecken.

„Wo … wo ist diese Frau von Schreck?", fragte Dominik verdutzt. „Ich meine … wie ist sie hereingekommen … und wo ist sie hinausgegangen?"

Lieselotte zuckte nur mit den Schultern. Sie stand vor einem absoluten Rätsel. Axel tastete die Wände ab. Möglicherweise befand sich irgendwo eine verborgene Tür mit einem Geheimgang.

„Vielleicht ist … ist diese Frau durch die Pestgrube hereingeschlüpft und über die Gebeine gestiegen", sagte Dominik zögernd. Allein der Gedanke ließ ihn erschaudern.

Gebannt starrten die drei durch die vergitterte Öffnung auf die Knochen. Da räusperte sich plötzlich hinter ihnen jemand.

Der Schreck fuhr den dreien durch alle Glieder.

GLATZE MIT TINTENFISCH

„Wieso habt ihr euch von der Gruppe getrennt?",
fragte die Stimme streng.

„Entwarnung!", flüsterte Lilo und drehte sich um.
Im Gang stand der Führer. Er hatte die Fäuste in die
Hüften gestemmt und sah nicht gerade fröhlich drein.

„Ach … wissen Sie…", stammelte Dominik und
grübelte fieberhaft nach einer Ausrede. „Wissen Sie,
wir haben gewettet, wie die Sagenfigur geheißen hat,
die in eine Pestgrube gefallen und am nächsten Tag
wieder kerngesund herausgekrochen ist. Es war ein
Dudelsackpfeifer – da sind wir uns einig. Aber wie war
sein Name?"

Das Gesicht des Mannes wurde etwas freundlicher.
„Ach was", wunderte er sich, „interessiert sich im
Computerzeitalter wirklich noch jemand für alte Sa-
gen? Es war der liebe Augustin!"

„Und damit habe ich die Wette gewonnen!", jubelte Lilo.

„Darf ich euch nun bitten, mir zum Ausgang zu folgen?", forderte sie der Fremdenführer auf.

„Aber klar", rief Axel großmütig. In seinem Innersten war er unglaublich froh, wieder heil aus den Katakomben herauszukommen. Allein hätten sich die drei im Gewirr der Gänge schnell verirren können.

Erleichtert sog Axel die frische Luft ein, als sie über eine steile Treppe ans Tageslicht gelangten.

Durch die belebte Fußgängerzone der Kärntnerstraße schlenderten die drei Knickerbocker zum weltberühmten Hotel Sacher.

„Das … das gibt es einfach nicht! Wir haben doch ihre Stimme gehört. Klar und deutlich. Sie muss also im Nebenraum gewesen sein. Aber diese Frau von Schreck kann sich doch nicht in Luft aufgelöst haben!" Lieselotte ruderte bei ihren Überlegungen mit den Händen wild durch die Luft. Sie war außer sich. Immerhin hatte sie schon einige Rätsel gelöst. Aber auf das Erscheinen und Verschwinden der geheimnisvollen Dame mit dem rollenden „R" konnte sie sich keinen Reim machen.

„He, wo ist eigentlich die Stocker hin?", fragte Axel.

„Die ist bestimmt schon vor uns aus den Katakomben gestiegen und in die Redaktion zurückgefahren", vermutete Lieselotte. „Verdammter Mist! Wir hätten sie nicht aus den Augen verlieren dürfen. Vielleicht hätten wir mehr über den schwarzen Brief erfahren."

An diesem Nachmittag schien nichts so recht nach Plan zu laufen. Lieselotte war sauer. Vor allem auf sich selbst. Nicht einmal die herrliche Sachertorte konnte sie fröhlicher stimmen.

In ihrer Wut entging Superhirn Lilo allerdings, dass jemand den dreien gefolgt war. Die Knickerbocker-Bande wurde von jemanden nicht mehr aus den Augen gelassen …

Es war bereits sieben Uhr abends. Eduard Schöberl nahm seine Brille ab und wischte sich mit dem Taschentuch über das Gesicht. Diese Hitze! Wurde es denn niemals kühler?

Er saß vor dem Bildschirm eines Computers und gab Stichworte ein. Herr Schöberl verwaltete nämlich das riesige Archiv der „Großen Zeitung". Alle Ausgaben seit dem ersten Erscheinungstag waren sorgfältig in Ordnern gesammelt und standen in langen Regalen aufgereiht.

Um alte Artikel schneller zu finden erstellte Herr Schöberl nun einen Stichwortkatalog. Dazu musste er aber jede Zeitungsseite lesen und den Computer mit den wichtigsten Namen und Ereignissen füttern. Außerdem erfasste er noch Nummer und Erscheinungsjahr der Zeitung.

Leise quietschend schwang die Zimmertür auf. Ein leichter Luftzug verschaffte dem Archivar etwas Kühlung. Warum sich die Tür geöffnet hatte, fragte er sich nicht. Um diese Zeit rechnete er nicht mehr mit einem Besucher. Schon gar nicht mit jemandem, der eine Auskunft verlangte.

„Guten Abend", schnarrte eine piepsige Stimme neben ihm. Herr Schöberl zuckte zusammen. Er blickte auf und sah in das Gesicht eines Mannes mit einem großen kahlen Schädel, den ein schwarzer, achtarmiger Tintenfisch schmückte. Der Mann mit der Tätowierung auf der Glatze hatte einen etwas dümmlichen Gesichtsausdruck und bewegte ständig die Nase. Er rümpfte sie, blähte die Nasenflügel und sog immer wieder lautstark die Luft ein.

„Ich sage: Guten Abend!", wiederholte die hohe Fistelstimme, die nicht im Geringsten zu dem bulligen Kerl passte.

„Ja … ja bitte? Was wünschen Sie?", erkundigte sich Herr Schöberl.

„Eine Auskunft!"

„Dafür ist es schon etwas spät. Normalerweise haben Leser nur in der Zeit von 10 bis 16 Uhr Zugriff auf unser Archiv!" Herr Schöberl wollte den späten Besucher so schnell wie möglich abwimmeln.

Da wurde er von einer kräftigen Hand am Hemd gepackt und in die Höhe gezerrt. „Sie werden eben eine Ausnahme machen müssen", fauchte der Mann mit der Glatze.

„Na gut", lenkte der schmächtige Herr Schöberl ängstlich ein. Er wollte keine Schwierigkeiten bekommen. „Was hätten Sie gerne?", erkundigte er sich.

„Was haben Sie unter dem Stichwort ‚Knickerbocker-Bande'? Sind da bereits Berichte in Ihrem Blatt erschienen?", fragte der Eindringling.

„Ja ... da muss ich gar nicht nachschlagen. Das weiß ich auswendig. Es war zu Ostern ... in Salzburg. Die Bande hat dort Taschendiebe entlarvt und mit einem UFO war da auch etwas."

Der Kahlkopf verlangte den Artikel und studierte diesen dann eingehend. Ein großes Foto der vier Juniordetektive war neben dem Bericht abgedruckt.

„Machen Sie mir eine Fotokopie", befahl der späte Gast. Mit einem herablassenden „Danke schön!" zog er schließlich ab.

Herr Schöberl ließ sich auf seinen Sessel sinken und bebte am ganzen Körper. So eine Niederlage! Warum hatte er sich von diesem Kerl dermaßen einschüchtern lassen?

Auf der Straße zwängte sich der stämmige Mann mit der Glatze in eine Telefonzelle und wählte eine Nummer. „Ich bin's ... Ja, du hattest Recht! Sie sind es ... Verdammte Kröten, soll ich sie zertreten?"

Am anderen Ende der Leitung brauste jemand auf und begann zu schimpfen. Doch der Mann strich sich gelangweilt über die Glatze und meinte: „Reg dich wieder ab ... Ich habe eine gute Idee. Zum Glück wissen wir ja, wo sie wohnen!" Ohne eine Antwort abzuwarten, unterbrach er das Gespräch.

Er wartete auf das Freizeichen und wählte dann eine andere Nummer ...

MARCO TAUCHT AUF

„Das hier ist ein Altersheim für Tiere!", verkündete Dominik und zeigte auf die kunstvoll geformten Gehege und Käfige.

„Ich glaube, bei dir ist nicht eine Schraube, sondern ein halber Werkzeugkasten locker", spottete Lieselotte. „Das hier ist der Tiergarten Schönbrunn, der älteste Zoo der Welt. Und die verschnörkelten Käfige sind fast 300 Jahre alt, das habe ich vorhin auf einer Tafel gelesen."

Dominik setzte sein Oberlehrergesicht auf und begann einen kurzen Vortrag: „Beste Lilo! In den vergangenen 300 Jahren hat sich aber einiges verändert. Heutzutage werden Tiere in viel größeren Gehegen als damals gehalten. Damit aber die Käfige von früher nicht leer stehen, sind jetzt betagte Zootiere darin untergebracht. In vielen Tiergärten werden alte Löwen, Tiger und Bären, die sich nicht mehr viel bewegen und von ihren Artgenossen absondern, oftmals eingeschläfert. Nicht in Wien. Hier finden sie in den barocken Käfigen, die unter Denkmalschutz stehen, ein Heim für ihren Lebensabend."

Ausnahmsweise wusste Lilo darauf nichts zu sagen. Wo Dominik Recht hatte, hatte er Recht. Außerdem war das Mädchen mit etwas ganz anderem sehr beschäftigt. Lilo hatte nämlich dauernd das Gefühl, beobachtet zu werden. Aber wo steckte der Verfolger? Sie konnte ihn nicht entdecken. Das beunruhigte sie sehr.

„Kinder, in einer Stunde treffen wir uns wieder beim Ausgang", rief Frau Kascha der Bande zu. „Anschließend machen wir einen Abstecher ins Schloss Schönbrunn."

Die vier Knickerbocker waren einverstanden und schlenderten zum Wasserbecken, in dem sich die Robben tummelten.

Poppi, Axel und Dominik lachten lauthals über die grunzenden Laute und tollpatschigen Bewegungen der mächtigen Tiere. Nur Lieselotte machte ein ernstes Gesicht. Erstens ging ihr die Sache mit der Erpresserbande „Basilisk" nicht aus dem Kopf. Und zweitens waren da die Augen, die sie ständig verfolgten. Sie hatte das Gefühl, dass sie sich regelrecht in ihren Rücken bohrten.

Mit einem Ruck drehte sie sich um. Ein schwarzer Haarschopf verschwand hinter einem dicken Baumstamm. „Jetzt hab ich dich!", stieß Lilo hervor und stürzte zu dem Baum.

Ein dünner Junge mit strubbeligen schwarzen Haaren ergriff die Flucht. Das Superhirn hetzte ihm hinterher. Vorbei ging es an dem prustenden Flusspferd, den Giraffen und Elefanten, durch das Affenhaus zum Aquarienhaus. Feuchte, warme Luft schlug Lilo entgegen. Sie lief dem Jungen über eine kleine Brücke nach und erkannte, dass ihr Beobachter in die Falle gegangen war. Er befand sich in einer Sackgasse.

Das Mädchen schlenderte langsam auf ihn zu.

„Warum verfolgst du uns die ganze Zeit? Wer bist du?", fragte Lilo.

Trotzig presste der Junge die Lippen aufeinander.

„Schau dich einmal nach hinten um. Wirf einen Blick über die Brüstung!", rief sie.

Der Junge grinste verlegen. Unter ihm lagen drei dicke Krokodile und gähnten herzhaft. Dabei zeigten sie lange Reihen spitzer Zähne.

„Ich mache das sonst nie, aber wenn du jetzt nicht redest, dann ..." Lieselotte drängte den Jungen gegen die niedrige Mauer und packte ihn an der Schulter. Langsam drückte sie ihn nach hinten.

„Ich sein Marco ..." Er sprach abgehackt und hatte einen ausländischen Akzent.

„Warum spionierst du mir nach?", bohrte Lilo.

„No, ich nicht dir spionieren nach", radebrechte Marco aufgeregt. „Aber … ich zu Besuch in Wien. Meine Tante hat geschickt in den Tiergarten mich. Doch ich sein hier so allein. Ich möchte haben Spaß. Ihr vier sein so lustig, deshalb ich euch nach."

„Ach so!" Lieselotte lockerte den Griff und ließ Marco frei. „Tut mir Leid, ich wollte dich nicht erschrecken. Du warst mir nur irgendwie … Ach, vergiss es!" Unheimlich hatte Lilo sagen wollen, es dann aber gelassen.

Gemeinsam mit dem Jungen kehrte sie zu ihren Freunden zurück, die sie bereits suchten. Sie stellte Marco ihren Knickerbocker-Freunden vor und er wurde sofort freundlich aufgenommen.

„Ich auch gerne ein Mitglied der Kickerbonga-Bande sein wollen", sagte Marco nach einer Weile treuherzig.

„Wenn du den Namen richtig aussprechen lernst, ist das durchaus möglich", meinte Lilo lachend.

Dominik war aufgefallen, wie ärmlich der Junge gekleidet war. Sein blauweiß gestreiftes T-Shirt und die Jeans schienen außerdem schon lange keine Waschmaschine mehr gesehen zu haben.

„Woher kommst du eigentlich?", erkundigte er sich vorsichtig.

„Ich sein aus Italien, aus Rom", erzählte Marco.

„Und wie alt bist du?", fragte Lilo.

„Elf Jahre! Und ich …" Mitten im Satz hielt der Junge inne.

„Ja, was?", wollte Axel wissen.

„Nichts!", winkte Marco ab. „Gar nichts!"

Lieselotte warf ihm einen prüfenden Blick zu, dem der Junge auswich. Dem Superhirn war klar, dass im Augenblick aus Marco bestimmt nichts mehr herauszubekommen war. Doch Lilo spürte, dass Marco etwas zu verbergen versuchte …

Die Knickerbocker-Bande traf pünktlich beim Zooausgang ein. Marco begleitete sie.

„Kinder", begrüßte sie Dominiks Mutter, „ich habe extra nachgefragt. Keine Chance! Heute in das Schloss Schönbrunn zu gelangen ist wohl ebenso schwierig wie damals, als noch Kaiserin Maria Theresia darin gelebt hat. Damals ist man nicht an den Schlosswachen vorbeigekommen und heute hindern uns die Schlangen von Touristen an einem Besuch."

Die vier Knickerbocker machten enttäuschte Gesichter.

„Dabei hätte ich gerne einmal ein Haus von innen gesehen, das 1441 Zimmer und 139 Küchen hat", meinte Poppi. „Das habe ich mir aus der Schule gemerkt, weil's einfach unglaublich ist!"

„Was machen wir jetzt?", fragte Dominik.

„Nun, was haltet ihr von einem Besuch im Prater? Wie wär's mit Autodrom, Geisterbahn, Schwabbelschleuder und ähnlichen Dingen?", schlug Frau Kascha vor. Die Knickerbocker waren begeistert.

„Darf ich … bitte … ich auch mitwollen!", meldete sich Marco.

Dominik stellte seiner Mutter den Jungen vor.

„Haben deine Eltern nichts dagegen? Sollen wir sie vielleicht anrufen?", fragte Frau Kascha etwas misstrauisch.

„Gerne, aber Telefonat viel kostet. Weil meine Eltern in Italien sein", meinte Marco treuherzig. „Tante ist bestimmt einverstanden!"

„Na gut, dann komm ruhig mit!", willigte Dominiks Mutter ein.

Keiner kam auf die Idee zu fragen, wer eigentlich Marcos Tante war.

MARCO VERSCHWINDET

„Ich schlage für den Beginn unseres Praterbesuchs eine Fahrt mit dem Riesenrad vor. Ihr werdet gleich erkennen, warum", verkündete Dominik in seiner etwas komplizierten Sprechweise. „Hast du auch einen Ferienspielpass?", erkundigte er sich bei Marco, als sie zur Kasse kamen. „Dann ist die Fahrt für dich frei!"

Marco nickte und zog ein abgewetztes, schmutziges Heftchen hervor. Nachdem Frau Kascha für sich eine Fahrkarte gelöst hatte, bestiegen sie alle eine der geräumigen Gondeln.

Schon setzte sich das 61 Meter hohe Rad in Bewegung und trug sie hoch hinauf. Immer wieder blieb es für ein paar Sekunden stehen, damit die Passagiere die Aussicht auf Wien und den Prater genießen konnten.

„Das berühmte Riesenrad zählt zu den Wahrzeichen der Stadt", berichtete Dominik stolz. „Ich schätze es, weil wir von hier oben einen besonders guten Eindruck von den verschiedenen Praterattraktionen erhalten und nun genau planen können, woran wir uns erfreuen werden."

„Häää?" Marco starrte Dominik verdutzt an. Er hatte kein Wort verstanden.

„Du musst wissen, Marco", sagte Lieselotte, „Dominik ist Weltmeister im Kompliziertreden."

„Und im Viermal-um-die-Ecke-Denken!", fügte Axel grinsend hinzu. „Statt die Zeit mit einem Plan zu verschwenden halte ich es für einfacher, wir stürzen uns ins Getümmel!

Frau Kascha lächelte und zog einige Geldscheine aus der Tasche. „Da", sagte sie, „euer Startkapital! Ich sehe euch dann um ein Uhr wieder. Ich sitze im Gasthaus ‚Schweizergarten'. Bis dahin seid ihr bestimmt hungrig."

Die nächsten beiden Stunden wurden zu einem turbulenten Abenteuer. Die vier Knickerbocker und Marco fürchteten sich in der Geisterbahn, wanden sich im Kalypsokabinett vor Lachen und verteilten kräftige Ohrfeigen an den „Watschenmann". Doch der vertrug das und schlug nicht zurück. Er ist eine lebensgroße Figur mit einem ledernen Kopf und einem grinsenden Gesicht. Auf einer Anzeige neben ihm kann man ablesen, wie schlagkräftig man ist.

„Muttersöhnchen!", grölte Axel, „bei dir zeigt der Zeiger ja auf ‚Muttersöhnchen', Dominik!"

„Reg dich ab, Kleiner", knurrte Dominik. „Du hast es nur bis zum Fliegengewicht gebracht!"

Lieselotte beachtete den Streit der beiden nicht. Ohne dass er davon etwas bemerkte, ließ sie Marco nicht aus den Augen. Was war mit diesem Jungen los? Seit sie im Prater eingetroffen waren, hatte ihn eine regelrechte Unruhe gepackt. Er schien sich vor etwas zu fürchten. Doch wovor? Wer oder was jagte ihm Angst ein?

„Ich muss mich ein bisschen setzen", ächzte Poppi. „Es ist so wahnsinnig heiß heute!"

„Was haltet ihr von rollenden Bänken?", fragte Dominik seine Freunde.

Axel warf ihm einen mitleidigen Blick zu. „Hast du einen Sonnenstich?", erkundigte er sich grinsend.

Dominik schüttelte den Kopf. „Nichts dergleichen! Kommt mit, ihr werdet gleich sehen, was ich meine!"

Er führte Lilo, Axel, Poppi und Marco zu einer kleinen Station, die neben zwei schmalen Schienensträngen stand. Mit einem langen Pfiff und unter lautem Schnaufen fuhr einige Minuten später eine kleine Dampflok ein, die zehn offene Waggons zog.

„Das ist die Liliputbahn", erklärte Dominik seinen Freunden. „Mit ihr werden wir jetzt eine Runde durch den Prater drehen!"

In jedem Waggon gab es zwei Sitzbänke, auf denen zwei Personen Platz hatten. So kam es, dass die Knickerbocker-Bande einen eigenen Waggon besetzte. Marco saß im Wagen hinter ihnen.

Lieselotte wollte schon zu ihm laufen, damit er nicht so allein war, doch es war zu spät. Der Zug setzte sich in Bewegung.

Da Mittagszeit war, war die Liliputbahn – abgesehen von den fünf Kindern – leer.

Die Freunde ließen sich den Fahrtwind über das Gesicht streichen und genossen die Erfrischung.

Es war kurz vor der nächsten Station. Die Lokomotive verlangsamte die Fahrt und Lieselotte hörte hinter sich einen leisen Aufschrei. Sie drehte sich um und traute ihren Augen nicht.

„Was machen Sie da? Lassen Sie den Jungen in Ruhe!", rief sie entsetzt.

Erschrocken beobachteten die vier Knickerbocker, wie ein bulliger Mann mit einer spiegelnden Glatze neben Marcos Waggon herlief. Er hatte den Jungen am Arm gepackt und versuchte ihn herauszuziehen. Marco schlug wild um sich und biss den Mann in die Hand. Doch dieser schien keinen Schmerz zu spüren.

Als die Liliputbahn nur noch im Schritttempo dahinzockelte, hob er den Jungen von der Bank, als wäre er federleicht. Er warf sich Marco über die Schulter und rannte davon.

„Ihm nach! Wir müssen ihm nach!", rief Lieselotte und sprang aus dem rollenden Waggon.

Axel setzte zu einem Supersprint an und hatte die anderen schnell abgehängt. Meter für Meter näherte er sich Marcos Entführer.

Der Koloss verschwand im Dickicht des Prater-wäldchens.

Hier hatte er nun Axel gegenüber einen Vorteil, da er das Dornengestrüpp und die Büsche einfach nie-dertrampelte. Axel blieb mit seinen kurzen Beinen

immer wieder hängen und stolperte über Wurzeln, die aus der Erde ragten. Der Vorsprung des Glatzkopfes wurde größer.

Durch die Bäume hindurch konnte Axel erkennen, dass der Mann eine Wiese erreichte, die er mit schnellen Schritten überquerte. Am anderen Ende tauchte bereits eine Häuserzeile auf.

Obwohl er kaum noch Luft hatte, hetzte der Junge weiter. Er musste Marco unbedingt helfen. Der kleine Italiener hing nun regungslos in den dicken Armen des Mannes.

Was … was tut er denn jetzt?, fragte sich Axel. Was ist denn da los?

Der Entführer war neben einem parkenden Auto stehen geblieben und wurde plötzlich immer kleiner. Zuerst verschwanden seine Beine im Boden, dann sein bulliger Körper. Kurz bevor Axel die Stelle erreichte, war der Mann zur Gänze im Asphalt versunken.

Als der Junge keuchend näher stolperte, entdeckte er das Geheimnis.

„Wo ist er? Wo ist der Kerl hin?", hörte er Lieselotte hinter sich rufen.

„Da hinunter … !", schnaufte Axel und deutete auf einen offenen Kanalschacht.

„Was stehst du noch herum? Ihm nach!", schrie Lilo.

Axel sah sie zweifelnd an. War das ihr Ernst?

Das Mädchen stieß ihn zur Seite und stieg auf die Metallschlingen, die in den betonierten Kanalschacht eingelassen waren. Rasch verschwand sie in der Tiefe. Zögernd folgte Axel seiner Freundin.

Als die beiden anderen Knickerbocker nachkamen, war von Axel und Lieselotte nichts mehr zu sehen.

IM LABYRINTH
DER KANÄLE

Der schmale Kanalschacht mündete in einen breiten, unterirdischen Gang.

Mit der Fußspitze tastete Lieselotte vorsichtig nach der nächsten Metallschlinge. Doch da war keine mehr. Sie fühlte, wie die Schachtmauer in die Rundung eines Gewölbes überging.

Das Mädchen warf einen prüfenden Blick nach unten und erkannte im Halbdunkel einen schmalen, gemauerten Weg. Daneben floss ein dunkler, übel riechender Bach.

Lilo ließ sich fallen und landete auf dem Weg. Als sie sich aufrichtete, rutschte sie aus und wäre um ein Haar in die stinkende Brühe gestürzt. Der Weg war nämlich ziemlich glitschig. Sie konnte sich jedoch fangen und atmete erleichtert auf.

„Vorsicht, Axel, spring nicht, sondern lass dich von

der letzten Sprosse langsam herunter!", rief sie dem Jungen zu, dessen Füße über ihrem Kopf im Schacht aufgetaucht waren. Axel stand gleich darauf neben ihr.

„Verdammt dunkel", brummte Lieselotte.

„Kein Problem!" Lässig zog Axel eine Taschenlampe aus der Hosentasche. Sie hatte die Form eines Kugelschreibers, gab aber trotzdem sehr viel Licht. Der Junge hatte sie immer dabei.

„Ahhh!", schrie Lilo auf, als Axel den Lichtkegel über den Boden streifen ließ.

Drei fette Ratten suchten erschrocken das Weite.

„Reg dich ab, die haben vor dir mehr Angst als du vor ihnen!", raunte Axel seiner Knickerbocker-Freundin zu. „Aber … was … was will der Mann hier unten?", wunderte sich der Juniordetektiv. „Warum rennt jemand freiwillig durch diese stinkenden Gänge?"

Lieselotte war das völlig klar. „Das Kanalnetz zieht sich durch die ganze Stadt. Du kannst durch diese Gänge im Prinzip jede Straße und jeden Platz erreichen, ohne gesehen zu werden. Es wurde sogar schon einmal ein Krimi in den Kanälen Wiens gedreht: ‚Der dritte Mann'."

Axel zog sich sein T-Shirt über die Nase, um den Gestank ein wenig zu filtern. „Echt bestialisch, dieser Mief!", stöhnte er.

„Hilfeeee!", schallte eine Stimme durch den unterirdischen Gang. Sie klang sehr schwach und weit entfernt.

„Woher ist der Ruf gekommen?" Lieselotte blickte Axel fragend an. „Hast du die Richtung feststellen können?"

Der Junge überlegte einen Augenblick und deutete dann nach rechts. Er ließ den Schein der Taschenlampe in den Gang fallen und gab Lilo ein Zeichen mitzukommen.

Auf Zehenspitzen tappten die beiden den braunen Bach entlang. Angestrengt starrten sie auf den Boden, um nicht versehentlich auf eine Ratte zu treten.

Der Tunnel führte noch ein langes Stück geradeaus.

Doch plötzlich blieb Axel stehen und flüsterte: „Halt!" Er lauschte und drängte seine Knickerbocker-Freundin ein paar Schritte zurück. Keine Sekunde zu früh! Im nächsten Augenblick schoss ein dunkler Schwall aus einem Rohr in der Wand.

Lilo und Axel mussten husten und hielten sich die Nasen zu.

„Lass mich! Bitteeee!", hörten sie Marco in der Ferne wimmern. Seine Stimme war diesmal etwas lauter. Die beiden Knickerbocker schienen sich ihm zu nähern.

Mit großen Schritten hasteten sie weiter, bis sie zu einer Kreuzung mehrerer Gänge kamen. Axel leuchtete in den Tunnel, der rechts von ihnen abzweigte. Er endete bereits nach wenigen Metern.

Der Gang, durch den sie gekommen waren, machte ein Stück weiter eine scharfe Biegung. Die Juniordetektive konnten nicht sehen, wohin er führte.

Auf der anderen Seite des Abwasserbachs ließ sich die Öffnung einer Röhre ausnehmen.

„Aua … du tust mir weh! Lass mich!", jammerte Marco.

Lieselotte deutete mit dem Kopf auf die Röhre.

„Seine Stimme ist eindeutig da rausgekommen. Wir müssen hinein!"

„Und wenn uns plötzlich so eine Sturzflut überrascht?", fragte Axel. „Was dann?"

„Unmöglich! Vor uns klettert doch der Mann mit Marco", sagte Lieselotte und sprang mit einem kräftigen Satz über das Rinnsal.

Axel folgte zögernd. Sein Sprung fiel etwas zu kurz aus und so landete er mit einem Fuß im Abwasser.

„Wääää!", stöhnte er angeekelt. Dann ließ er sich auf die Knie nieder und kroch in das Betonrohr, das nur einen halben Meter Durchmesser hatte.

Die Wände erschienen den beiden ziemlich trocken: ein Zeichen, dass der Abfluss schon längere Zeit nicht benutzt worden war.

Lilo und Axel mussten etwa 30 Meter weit gekrochen sein, als es geschah. Zuerst hörten sie einen lei-

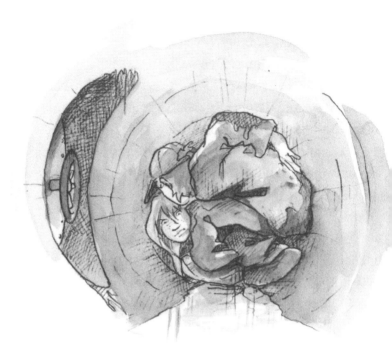

sen Knall, als ob ein Riegel vor eine Tür geschoben worden wäre. Dann begann es über ihren Köpfen heftig zu rauschen. Das Rauschen wurde immer lauter und steigerte sich zu einem Donnern.

„Wasser! Da kommen Unmengen von Dreckwasser! Hilfe! Wir werden ertrinken!", brüllte Axel. Er wollte sich in der Röhre umdrehen und zurückkriechen, doch dafür war sie zu eng. Er verrenkte sich und steckte plötzlich fest. Er konnte weder Arme noch Beine bewegen und geriet dadurch immer mehr in Panik. Sein Kopf war gegen seine Brust gepresst und er hatte das Gefühl zu ersticken.

Das Rauschen kam näher und näher.

Lieselotte bemühte sich, Ruhe zu bewahren und versuchte Axel aus seiner Lage zu befreien. Doch dieser ruckte unkontrolliert hin und her und verkeilte sich immer mehr.

„Jetzt halt endlich still!", schnauzte ihn Lieselotte an und verpasste ihm eine Ohrfeige.

Das wirkte.

Axel erstarrte. Lilo wollte nun seine Beine nach hinten drücken, doch die Gummisohlen der Turnschuhe hafteten auf dem Beton wie angeklebt. Erst als er sich ein wenig entspannte, konnte sie seine verkeilten Gliedmaßen lockern und die Füße nach unten ziehen. Axel war wieder frei.

Das Rauschen des Wasserschwalls war bereits ohrenbetäubend und die von den Abwassermassen vor sich hergeschobene Luft wehte den Kindern direkt ins Gesicht.

„Wo sollen wir nur hin?", krächzte Axel. Seine Stimme war völlig heiser vor Angst.

Lieselotte gab ihm keine Antwort. Sie hatte selbst keine Ahnung. Verzweifelt ließ das Oberhaupt der Knickerbocker-Bande den Lichtkegel der Taschenlampe durch das Rohr schweifen.

„Da!", schrie das Mädchen auf einmal freudig. Nur einen Meter entfernt von ihnen hatte sie eine zweite Röhre entdeckt, die vom Hauptrohr abzweigte. Sie war mit einem Metalldeckel verschlossen, an dem sich ein Rad befand.

Lilo packte es und versuchte es zu drehen. Es war durch die Feuchtigkeit ziemlich eingerostet und überdies verschmutzt.

Erst beim dritten Versuch hatte sie Glück. Das Rad bewegte sich und der Deckel sprang quietschend aus der Raste. Lieselotte stemmte sich dagegen und er schwenkte auf.

„Axel … rein!", brüllte sie und packte ihren Knickerbocker-Kumpel am T-Shirt. Unsanft zerrte sie ihn hoch und quetschte ihn durch die enge Öffnung. Dann schlüpfte sie selbst hinein und schlug den Deckel hinter sich zu.

In der nächsten Sekunde donnerten die Wassermassen an ihnen vorbei durch die Röhre. Der Raum, in dem sich die beiden Juniordetektive befanden, bebte unter dem Druck.

„Glaubst du, dass uns der Glatzkopf … umbringen wollte?", keuchte Axel.

Lieselotte atmete tief durch und meinte: „Ich weiß es nicht. Aber es sieht mir sehr nach einer Falle aus. Auf jeden Fall hat uns der Mistkerl abgehängt. Wo bringt er Marco jetzt wohl hin?"

Auf diese Frage konnte Axel nur mit einem Schulterzucken antworten.

Als sich die beiden Freunde ein wenig beruhigt hatten, begannen sie sich umzusehen. Wo befanden sie sich hier eigentlich?

Axel leuchtete den Raum ab. Sie saßen in einem Betonbunker, der Lilo an ein leeres Schwimmbecken erinnerte. An der Decke erkannten die beiden Knickerbocker die Umrisse einer Öffnung. Eine Platte lag darüber.

„Ich mache dir die Räuberleiter und du versuchst den Deckel zu heben", bestimmte Lilo.

Sie verschränkte die Hände und Axel schwang sich in die Höhe. Er stemmte beide Hände gegen die Abdeckung. Die Platte war ziemlich leicht und ließ sich ohne Mühe zur Seite schieben.

„Lilo! Wir sind im Freien! Ich rieche … frische Luft!", rief der Juniordetektiv freudestrahlend.

HILFE MIT ZWEI F

Zwei Stunden später saßen die beiden Knickerbocker ziemlich erschöpft auf Dominiks Stockbett.

„Wo seid ihr herausgekommen?", wollte Poppi wissen, die den Bericht ihrer Freunde mit offenem Mund verfolgt hatte.

„Im Hof einer stillgelegten Lederfabrik. Wir haben uns im ehemaligen Sammelbecken der Kläranlage befunden. Das Schleusentor zum Hauptrohr ist sicher angebracht worden, damit die vorbeifließenden Abwässer nicht in den Bunker strömen können", erzählte Lieselotte, die sehr müde und abgekämpft wirkte.

Dominik hatte auch noch eine Frage: „Und wo ist das Wasser hergekommen, das euch fast weggespült hat?"

Axel schüttelte den Kopf. „Das wissen wir nicht.

Vermutlich aus der kleinen Fabrik, die sich auf dem Nachbargrundstück befindet. Wir haben dort zwei Arbeiter auf dem Hof gefragt, aber sie konnten uns keine Auskunft geben. Sie haben angeblich niemanden gesehen."

Die Tür ging auf und Frau Kascha betrat das Kinderzimmer.

„Raus aus den Betten mit den schmutzigen Klamotten!", befahl sie. „Und außerdem möchte ich jetzt endlich erfahren, warum ihr zwei dermaßen verdreckt seid."

Lilo und Axel warfen Dominik einen ratlosen Blick zu. Die Wahrheit konnten sie unmöglich sagen. Aus Erfahrung wussten sie, dass man Eltern niemals zu sehr in Knickerbocker-Geheimnisse einweihen sollte. Sie machten sich dann nur unnötig Sorgen und meistens ging ein Gewitter von Ermahnungen auf die vier nieder.

„Sie sind beim Bootfahren ins Wasser gefallen. Weißt du, sie haben einen Spaziergang zu einem Teich gemacht ... in den Praterauen ...", flunkerte Dominik. Als Schauspieler brachte er die Ausrede sehr glaubhaft vor.

Trotzdem verzog Frau Kascha misstrauisch den Mund. So ganz nahm sie Dominik diese Geschichte nicht ab. Axel und Lieselotte waren nämlich mit einer Stunde Verspätung beim vereinbarten Treffpunkt erschienen. Wie Dominiks Mutter die Knickerbocker-Bande kannte, war da wieder etwas im Gange.

Zum Glück kam sie nicht zu weiteren Fragen, da das Telefon klingelte.

Lilo verschwand im Badezimmer, um dem Verhör auszuweichen, und Axel verzog sich schnell auf die Toilette.

„Ja … ja, der ist da. Ich hole ihn. Moment!", hörte Dominik seine Mutter im Vorzimmer sagen.

„Dominik! Telefon!", rief sie.

Erstaunt lief der Junge zu ihr und flüsterte aufgeregt: „Wer ist es?"

„Eine Uschi … vom Ferienspiel", lautete die Antwort.

„Ja, hallo?", meldete sich der Junge neugierig.

„Hallo, Dominik, hier ist die Uschi vom Ferienspielstand! Du warst doch gestern mit deinen Freunden bei mir und hast dir Spielpässe geholt."

„Stimmt!", sagte Dominik. „Woher hast du meine Telefonnummer?"

„Ich habe dich erkannt. Du hast im Musical ,Les Misérables' mitgespielt. Vom Theater habe ich deinen Namen und die Telefonnummer herausbekommen. Das war harte Arbeit!"

„Aber eine gute detektivische Leistung", stellte Dominik anerkennend fest. „Doch wozu hast du all diese Mühe auf dich genommen?"

„Es ist ein Brief für die Knickerbocker-Bande bei mir abgegeben worden!"

Der Junge traute seinen Ohren nicht. „Ein Brief? Von wem?"

„Das weiß ich nicht. Das Zimmermädchen eines Hotels hat ihn gebracht. Jemand hat einen Holli-Knolli auf den Umschlag gemalt. Die gelbe, knollenförmige Figur mit der Schirmkappe ist das Maskottchen des Ferienspiels!"

Jetzt erinnerte sich Dominik. Dieser Kerl war auch auf dem Umschlag seines Spielpasses abgebildet. Außerdem waren alle Ferienspiel-Treffpunkte mit der Figur markiert.

„Na ja, und neben dem Holli-Knolli steht ‚An die Knickerbocker-Bande!' – mit einem dicken Ausrufezeichen", berichtete Uschi weiter.

„Ich bitte meinen Vater, dass er den Brief noch heute abholt", rief Dominik in den Hörer. „Vielen Dank für den Anruf und Gratulation zu deiner Kombinationsgabe!"

Er verabschiedete sich besonders höflich und legte auf. Unruhig kaute er an seiner Unterlippe. Was wohl in dem Brief stand?

Im Fernsehen begann gerade der Abendkrimi, als Herr Kascha nach Hause kam.

Wie von einer Tarantel gestochen, sprangen die vier Knickerbocker auf und liefen ins Vorzimmer.

„Na, das nenne ich eine stürmische Begrüßung", lachte Dominiks Vater erfreut.

„Warum kommst du erst jetzt?", fragte ihn sein Sohn streng. „Es ist nach 20 Uhr. Du hast den Brief doch vor 18 Uhr abholen müssen, da der Ferienspiel-stand um diese Zeit schließt!"

„He, he, he!", wehrte Herr Kascha empört ab. „Ist das ein Verhör? Ich musste noch einmal ins Theater. Das wird doch erlaubt sein."

„Na gut, gestattet!", billigte ihm Dominik zu und streckte die Hand aus. Sein Vater zog einen ziemlich schmutzigen und zerknitterten Umschlag aus der Tasche und reichte ihn den Knickerbockern.

Gespannt starrten die vier auf die Holli-Knolli-Zeichnung und die windschiefen Buchstaben auf dem Kuvert.

Der Briefschreiber hatte „Gniggerboker-Bante" ge-schrieben. Das als Knickerbocker-Bande zu entschlüs-seln war wirklich eine Meisterleistung von Uschi.

Poppi riss hastig den Umschlag auf und zog ein zusammengefaltetes Blatt Papier heraus. Als sie es glatt gestrichen, machten die vier Juniordetektive halb ratlose, halb enttäuschte Gesichter.

Der Zettel war leer. Absolut leer. Sollte sich jemand einen Spaß erlaubt haben?

Dominik nahm das Briefpapier und ging damit auf sein Zimmer. Er kippte den Schirm seiner Schreibtischlampe hoch und knipste sie an. Er hielt den Zettel nun sehr nahe an die Glühbirne und durchleuchtete ihn gründlich. Vielleicht handelte es sich um eine Geheimbotschaft …

„Da ist absolut nichts. Das ist nur ein weißes Blatt", brummte Lieselotte und machte eine verächtliche Handbewegung. Sie wollte schon zurück ins Wohnzimmer, als Dominik sie zurückrief.

„Da … schau doch! Da! Durch die Wärme der Glühbirne sind Buchstaben sichtbar geworden."

„Sie müssen mit Essig oder Zitrone geschrieben worden sein", vermutete Axel. „Diese Geheimtinte wird erst durch starke Wärme lesbar."

„H-I-L-F-F-E …", entzifferte Poppi. „Hilfe mit zwei f!", kicherte sie.

„Egal", sagte Lilo leise. „Hilfe heißt auf jeden Fall Hilfe. Es kommt nicht darauf an, wie das Wort geschrieben ist. Ich bin fest davon überzeugt, dieser Brief stammt von Marco!"

„Hundertprozentig! Auf die Idee mit dem Holli-Knolli wäre sonst niemand gekommen", stimmte ihr Axel zu. „Aber wo ist Marco? Wo sollen wir ihn suchen?"

Vier Paar Schultern zuckten ratlos.

EINE SPUR

Auch am nächsten Morgen zuckten Schultern. Diesmal waren es die Schultern von Uschi, dem freundlichen Mädchen beim Ferienspielstand.

„Leider! Ich habe keine Ahnung, in welchem Hotel das Zimmermädchen arbeitet, das mir den Brief gebracht hat."

Sie sah die Knickerbocker der Reihe nach entschuldigend an. „Ich weiß, ich hätte eigentlich fragen sollen, von welchem Hotel sie kam. Aber es waren gerade so viele Leute hier", sagte Uschi zu ihrer Verteidigung.

„Du hast ja nicht ahnen können, dass wir das wissen wollen", tröstete sie Lieselotte. „Außerdem bist du bereits zum Ehrenmitglied der Knickerbocker-Bande ernannt worden!"

Uschi freute sich.

Sie griff unter die Tischplatte des Informationsstandes, zog eine kleine Schublade auf und holte eine Hand voll Bonbons heraus.

„Nehmt euch!", forderte sie die vier Juniordetektive auf und wollte die Schublade schon wieder schließen. Da stutzte sie.

„Moment mal", murmelte Uschi und zog ein Streichholzbriefchen hervor.

„Was ist denn?", erkundigte sich Axel.

„Soweit ich mich erinnern kann, hat die junge Frau geraucht, während sie gewartet hat. Und wenn mich nicht alles täuscht, dann sind diese Streichhölzer von ihr. Sie hat sie vergessen und ich habe sie gleich in meine Universalschublade gelegt. Da kommt alles hinein, was ich irgendwann einmal brauchen könnte."

Lieselotte begutachtete das etwas vergilbte Pappheftchen von allen Seiten.

„Super", murmelte sie. „Dort werden wir sofort nachsehen." Sie deutete auf den Schriftzug, der die Vorderseite zierte.

„Pension Esterhazy", stand da.

„Die kenne ich", rief Uschi. „Die Pension ist unmittelbar beim Haus des Meeres."

„Was ist denn das Haus des Meeres?", wollte Poppi wissen.

„Ein Riesenaquarium", erklärte ihr Uschi. „Von Meeresschildkröten über Katzenhaie bis zu den kleinsten Korallen ist dort alles zu sehen, was im Meer lebt. Übrigens, die Schildkröten sind zahm und freuen sich über jeden Besucher."

„Dort will ich hin!", verkündete Poppi.

„Das können wir machen, nachdem wir in der Pension waren", versprach ihr Lieselotte.

Die vier Freunde verabschiedeten sich von Uschi und zogen los.

„P NSIO EST RHA Y" stand auf dem staubigen Leuchtschild über dem Eingang zu dem kleinen Hotel. Die Buchstaben mussten bereits vor längerer Zeit heruntergefallen sein.

Die Pension machte überhaupt einen recht verlotterten Eindruck.

Die Holztür, von der der Lack bereits abblätterte, knarrte und ächzte, als die Knickerbocker sie aufstießen.

An der hinteren Wand des kleinen Vorraumes war ein Tresen. Darüber hing ein Schlüsselbrett an der Wand. Es musste sich um die Rezeption handeln.

Hinter dem Pult saß ein älterer Mann in einem braunen Anzug. Er hatte den Kopf auf die Tischplatte gelegt und schien zu schlafen.

Gleich neben seiner Nase entdeckte Axel eine Glocke. Mit der flachen Hand schlug er darauf. Das Ding klingelte nicht – es klirrte und schepperte, dass den Kindern die Ohren schmerzten.

Erschrocken schoss der Portier in die Höhe und blinzelte die vier Freunde verschlafen an.

„Was wollt ihr, elende Rasselbande?", zischte er schlecht gelaunt.

„Erstens sind wir die Knickerbocker-Bande und zweitens hätten wir gerne das Zimmermädchen gesprochen", sagte Lieselotte langsam und eindringlich. Dabei blickte sie dem unfreundlichen Mann fest in die Augen. Diesen frechen Ton ließ sie sich nicht gefallen.

„Luzi!", schrie der Portier über seine Schulter. „Luzi, dein Typ wird verlangt!"

„Das ist kein Grufti ... sondern bereits ein Komposti!", wisperte Axel Dominik und Poppi zu. Die beiden prusteten vor Lachen und handelten sich dafür einen sauren Blick des Portiers ein.

Neben dem Empfangstisch ging eine Tür auf und eine junge Frau trat heraus. Sie trug einen geblümten Arbeitskittel in schreienden Farben.

„Ja, bitte?" Erstaunt musterte sie die vier Kinder.

„Wir sind die Knickerbocker-Bande", stellte Lieselotte sich und ihre Freunde vor. Die junge Frau verstand nicht, was sie meinte.

„Für uns war der Brief bestimmt, den Sie gestern ins Rathaus zum Holli-Knolli-Stand brachten", half ihr Dominik weiter.

Das Gesicht des Zimmermädchens hellte sich auf.

„Jetzt kenne ich mich aus. Ja, das war eine merk-würdige Sache …"

„Von wem haben Sie den Brief bekommen?", er-kundigte sich Lieselotte neugierig.

„Ich habe ihn nicht wirklich von jemandem be-kommen, aber ich weiß, wer ihn geschrieben hat. Es war ein Junge mit schwarzen, ziemlich strubbeligen Haaren!"

„Marco!", riefen die vier Knickerbocker wie aus einem Mund.

„Ihr kennt ihn?" Die junge Frau war erstaunt.

Lieselotte nickte und erzählte in Stichworten von den Erlebnissen des Vortages. „Wohnt er noch hier?", wollte sie wissen.

Das Zimmermädchen schüttelte den Kopf. „Das war alles äußerst merkwürdig. Aber Benno kann euch mehr darüber sagen. Mein Name ist übrigens Luzi. Luzi Länzer!"

Sie gab dem Portier, der offensichtlich Benno hieß, einen kräftigen Stoß in die Rippen.

„Vorgestern", stieß Benno hervor, „in der Nacht – kurz nach zwölf – sind drei Leute angekommen. Ein Mann mit Glatze und ein Junge in Begleitung einer Dame, von der ich aber nichts gesehen habe. War to-tal verschleiert, die Gute. Hat überhaupt ausgesehen wie aus dem vorigen Jahrhundert, in diesem schwar-zen, bodenlangen Kleid. Geredet hat nur der Glatzkopf. Der Kerl hatte eine komische Stimme. Ganz piepsig!"

Lieselottes Grübelzellen ratterten auf Hochtouren.

„Der Glatzkopf ist uns schon mal über den Weg gelaufen. Aber wie heißt er und wie nennt sich die verschleierte Dame?"

Benno starrte Löcher in die Luft.

„An der Decke findest du den Namen nicht, Hohlkopf!", fuhr ihn Luzi an. „Schau ins Gästebuch. Dort muss es ja stehen!"

Der Portier grinste verlegen und zog ein dickes Buch hervor. Gemächlich blätterte er darin, bis er endlich die letzte Seite gefunden hatte. Er ließ den Finger suchend über die Eintragungen gleiten.

„Schreck!", verkündete er schließlich. „Graf und Gräfin von Schreck haben die beiden als Namen angegeben!"

Axel blickte Lieselotte erstaunt an. Das war doch die Gräfin aus der Pestgrube!

„Sind die beiden noch im Haus?", forschte Lilo.

„Nein", grunzte Benno. „Sind heute Nacht abgereist. Alle drei."

„Verdammt und zugenäht und wieder aufgetrennt", fluchte Lieselotte.

Da mischte sich Dominik ein: „Luzi, wie sind Sie denn zu dem Brief gekommen?"

Die Frau machte ein nachdenkliches Gesicht. „Ich

habe gestern Nachmittag den Abfall in die Mülleimer geleert. Draußen im Hof. Da ist er mir vor die Füße geflattert. Aus dem Fenster von Zimmer 17 hat ein Junge herausgeschaut. ‚Bitte hinbringen!' hat er mir leise zugerufen. Zum Glück habe ich einen Neffen, der mich darüber aufklären konnte, wer dieser Holli-Knolli ist."

„Was hat dieser Glatzkopf nur mit Marco vor?", murmelte Lilo.

Die Knickerbocker-Bande verabschiedete sich und verließ die Pension. Die vier waren ziemlich niedergeschlagen. Der kleine Italiener war ihnen bereits irgendwie ans Herz gewachsen. Sie machten sich Sorgen um ihn. Sollte diese Gräfin Schreck etwa seine Tante sein?

„Halt! Das Zimmer!", fiel Lilo auf der Straße ein. „Wir sollten unbedingt das Zimmer unter die Lupe nehmen!"

Also machten die Juniordetektive wieder kehrt und verschwanden in der Pension.

Kaum hatten sie das Gebäude betreten, wurde die Tür eines Wagens geöffnet, der auf der gegenüberliegenden Straßenseite geparkt hatte. Ein bulliger Mann stieg aus. Er lehnte sich gegen das Auto und setzte eine dunkle Sonnenbrille auf. Dann trommelte er mit den Fingerspitzen unruhig auf die Tintenfisch-Tätowierung, die seine Glatze zierte …

DIE WARNUNG

Nervös klopfte der Chefredakteur der „Großen Zeitung" mit einem Bleistift auf den Tisch.

Wo blieb diese Stocker nur? Seit der Zerstörung der Statue wusste er, dass mit der Organisation „Basilisk" nicht zu spaßen war. Eigentlich hätte der Artikel, den die Verbrecher verlangten, in der heutigen Ausgabe der „Großen Zeitung" erscheinen müssen. Aber er war *nicht* erschienen.

„Da bin ich, Herr Schlager!", rief Petra Stocker, als sie in das Büro des Chefs stürzte. An diesem Tag trug sie ein grellgrünes Modellkleid aus fließender Seide.

„Was ist? Sollen wir warten, bis die Erpresser unser Verlagshaus zu Brei zerfließen lassen?", fuhr er sie an.

Die Reporterin zuckte zusammen.

„Die Organisation ,Basilisk' hat das Datum der Bekanntgabe verschoben. Auf morgen oder übermorgen", versuchte sie zu erklären. „Außerdem haben wir von Monowitsch noch keinen endgültigen Bericht!"

„Dann treten Sie ihm auf die Zehen!", verlangte der Chefredakteur. „Aber kräftig! Heute Abend will ich Bescheid wissen, ob diese Flüssigkeit wirklich Stein zu Staub zersetzen kann. Obwohl wir dafür ja schon einen eindrucksvollen Beweis bekommen haben …"

„Ich werde heute Nachmittag den genauen Text erhalten, den ‚Basilisk' abgedruckt haben möchte", sagte Petra Stocker.

„Wo bekommen Sie ihn denn übergeben?", wollte ihr Chef wissen.

„In der Schatzkammer der Hofburg. Dort, wo die Herrscherkronen ausgestellt sind. Mir wurde mitgeteilt, dass ich in diesen Räumen eine Nachricht finden werde."

„Dann auf, auf!", rief der Chefredakteur und seine Stimme klang fast ein wenig übermütig. Ihm war jetzt wieder eingefallen, dass die Schlagzeile die Auflage der „Großen Zeitung" sicher in die Höhe schnellen lassen würde. Und das hatte das Blatt mehr als dringend nötig …

Ein paar Tropfen einer gelben Flüssigkeit wurden auf eine dünne Glasplatte aufgetragen. Dann holte Herr Monowitsch mit einer Spritze eine winzige Menge des öligen Saftes aus der Flasche, die ihm die Reporterin übergeben hatte. Er ließ ihn ebenfalls auf das Glas tropfen und vermischte die beiden Substanzen.

Eine dünne Rauchfahne stieg auf. Der Wissenschaftler schnupperte daran und nickte. Das hatte er erwartet.

Professor Monowitsch wollte gerade zum Telefon greifen, um Frau Stocker anzurufen, als es klingelte. Er hob ab und meldete sich.

„Hören Sie, Sie superschlaues Professorchen", lispelte eine hohe Stimme, „wir wissen, dass sich Ihre Tochter zurzeit in Wien aufhält. Wir wissen auch, wo sie sich befindet. Und jetzt wissen Sie, dass wir Ihr Herzblatt auflösen werden, wenn Sie unseren Anweisungen nicht folgen."

Die Stimme am anderen Ende der Leitung las Professor Monowitsch einen kurzen Text vor. Der Wissenschaftler wurde kreidebleich im Gesicht. Schweißperlen traten ihm auf die Stirn.

„Das … das kann ich nicht", stammelte er.

„Und wagen Sie es nicht, nach Wien zu kommen!", unterbrach ihn der Anrufer. „Wir lassen Ihr Haus in Graz überwachen. Bleiben Sie schön brav, wo Sie sind, dann geschieht dem Goldkindchen auch nichts. Doch sonst …"

Aus dem Hörer drang ein Laut, als hätte jemand einen überreifen Apfel zertreten …

Gegen Mittag kehrte die Knickerbocker-Bande nach Hause zurück.

Die vier Juniordetektive waren müde und enttäuscht. In dem Zimmer, das der Graf und die Gräfin mit Marco bewohnt hatten, war nichts zu entdecken gewesen.

Was war nur mit Marco geschehen? Auch Dominiks Mutter hatte sich schon nach dem kleinen italienischen Jungen erkundigt. Die Kinder erfanden eine Notlüge.

„Jetzt haben wir endlich eine brauchbare Spur gefunden und schon ist sie wieder abgerissen", stellte Lilo enttäuscht fest.

Als die vier fertig gegessen hatten, läutete das Telefon. Dominik hob ab.

„Hallo, ich bin es! Luzi!"

„Hallo, Luzi", rief der Junge überrascht. „Was gibt es?"

„Ihr müsst dringend noch einmal herkommen. Ich habe unter einer Matratze im Zimmer der Gräfin eine Stahlkassette entdeckt."

Bereits eine halbe Stunde nach dem Anruf trafen die vier Freunde in der Pension ein. Der Portier schien seinen Vormittagsschlaf beendet zu haben und hielt nun seine Siesta. Mit einem Schlag auf die Klingel riss ihn Axel aus seinen Träumen.

„Wo ist Luzi?", erkundigte sich Lilo.

Benno blickte sie mit seinen rot geränderten Augen an und machte mit dem Daumen eine Bewegung nach oben.

Die Knickerbocker stürmten in den zweiten Stock zu Zimmer 17. Axel klopfte an. Es rührte sich nichts. Axel klopfte noch einmal.

„Herein!", hörten sie Luzis Stimme.

Sie stürmten aufgeregt in den Raum. Das Zimmermädchen stand mit dem Rücken zum geschlossenen Fenster und klammerte sich mit den Händen am Fensterbrett fest.

„Was ist denn mit Ihnen los?", fragte sie Lilo besorgt.

Luzi starrte die Kinder mit weit aufgerissenen Augen an. Dominik hatte den Eindruck, sie wollte etwas sagen, doch sie brachte kein Wort heraus.

Peng! Krachend war hinter den Kindern die Tür ins Schloss gefallen. Erschrocken drehten sich die vier Knickerbocker um.

„Ahhhhh!", schrie Poppi auf.

„Schnauze!", befahl eine hohe Stimme.

Es war der Glatzkopf mit der Tintenfischtätowierung. Er hatte die Arme verschränkt und blickte die vier triumphierend an. Sein rechter Mundwinkel wanderte langsam nach oben, was dem Gesicht einen teuflisch grinsenden Ausdruck verlieh.

„BASILISK" SCHLÄGT ZU

„Er hat mich gezwungen euch anzurufen", wimmerte Luzi. „Ich musste euch anlügen und herlocken."

„Schnauze!", fuhr sie der Glatzkopf an. Das Zimmermädchen verstummte augenblicklich.

Der Typ drückte auf seinen rechten Unterarm, worauf mit einem leisen Klicken ein Messer aus seinem Sakkoärmel schoss.

Die Knickerbocker wichen entsetzt zurück.

Der Mann ließ die Finger vorsichtig über die Klinge gleiten und grinste das Quartett bösartig an. Dann richtete er sich auf und ging langsam auf sie zu.

Schritt für Schritt stolperten die Kinder nach hinten. Dabei ließen sie den Glatzkopf keine Sekunde aus den Augen.

Poppi war die Erste, die die Nerven verlor. Sie sank zu Boden und begann laut zu schluchzen.

„Heulsuse!", knurrte der Kerl mit dem Messer und fuhr ihr mit der blanken Spitze durch die Haare.

„Lassen Sie das! Sind Sie verrückt? Sie könnten sie verletzen!", schrie ihn Lieselotte an.

Sofort hielt der Mann Poppi das Messer an die Kehle. „Keinen Ton mehr, du kleines Ungeheuer!", brummte er drohend.

Axel, Dominik und Lilo standen mit dem Rücken zur Wand.

Der Verbrecher baute sich vor ihnen auf. Hämisch grinsend schwenkte er das Messer vor ihren Gesichtern.

„Gut zuhören, solange ihr noch Ohren habt!", wisperte er. „Wenn ihr nicht wollt, dass euch demnächst die Nase, ein Auge, eine Hand oder gar der Kopf fehlt, tut ihr ab jetzt nur noch, was ich euch sage."

Die drei nickten stumm.

„Ihr steckt eure kleinen Schnüffelnäschen in Zukunft höchstens in Eisbecher! Kapiert?"

Heftiges Nicken war die Antwort.

„Ihr vergesst, was vorgefallen ist. Sonst muss Marco dafür bezahlen. Kapiert?"

Wieder nickten die Knickerbocker-Freunde.

„Gut!" Der Glatzkopf grinste zufrieden und ließ das Messer im Ärmel verschwinden. Dann machte er kehrt und verließ das Zimmer. Die Kinder und Luzi hörten, wie er den Schlüssel umdrehte.

„Er … hat uns eingesperrt. Ich will raus! Aber schnell!", schrie Poppi und sank dann wieder weinend zusammen.

Das Zimmermädchen beugte sich zu ihr und nahm sie in den Arm. Tröstend strich sie ihr über das Haar.

„Ich habe einen Zentralschlüssel. Wir warten nur, bis er auch bestimmt verschwunden ist. Ganz ruhig!", raunte sie ihr ins Ohr.

Der Schreck saß den vieren noch lange in den Gliedern. Selbst Lieselotte, die sonst nicht so leicht aus der Ruhe zu bringen war, sprach an diesem Tag kaum noch ein Wort.

Die verschiedensten Gedanken wirbelten ihr durch den Kopf. Mit diesem Ganoven war nicht zu spaßen. Das war klar. Aber sollten sie deshalb wirklich schweigen?

„Was ist denn hier los? Ist dein Goldhamster gestorben, Dominik?", erkundigte sich Herr Kascha, als er am späten Nachmittag das Wohnzimmer betrat.

Die ernsten und blassen Gesichter der Kinder verwunderten ihn. So kannte er die vier gar nicht.

„Alles in Ordnung, Papa!", sagte Dominik leise und versuchte einen fröhlichen Eindruck zu machen. Es gelang ihm nicht, obwohl er sein ganzes schauspielerisches Talent aufbot.

Dominiks Vater beschloss, nicht weiter nachzuforschen. Sollten die Kinder etwas ausgefressen haben, würden sie schon damit herausrücken.

„Wahnsinn!", stieß Lilo plötzlich hervor. Sie deutete auf die Zeitung, die Herr Kascha mitgebracht hatte. Es war die Abendausgabe der „Großen Zeitung".

ERPRESSERBANDE BASILISK FORDERT VON DER STADT 100 MILLIONEN!

prangte in dicken Lettern als Schlagzeile auf der ersten Seite.

„Sollten ihre Forderungen nicht erfüllt werden, droht die Bande, eine Säure über Wien zu versprühen, die alle Denkmäler zerstört. – Ein Exklusivbericht von Petra Stocker", lasen die Knickerbocker aufgeregt.

Den Rest der Geschichte kannten sie bereits durch ihre Ermittlungen. Ratlos blickten sie einander an.

Nun hatte es „Basilisk" also geschafft! Und sie hatten nicht einmal einen Versuch unternommen, diesen Gaunern das Handwerk zu legen. Durch die Suche nach Marco hatten sie es völlig vergessen.

Als Herr Kascha kurz das Wohnzimmer verließ, bedeutete Lieselotte den anderen näher zu rücken.

„Haltet mich jetzt nicht für total übergeschnappt, aber ich hab da so ein ganz komisches Gefühl …", flüsterte sie.

„Bauchweh?", erkundigte sich Dominik.

„Aber nein, Idiot!", fuhr ihn das Superhirn gereizt an, um sich gleich darauf zu entschuldigen. „Tut mir Leid, ich wollte nicht grob sein. Aber mir ist etwas eingefallen: Vielleicht hat diese Bande irgendwie Wind davon bekommen, dass wir Ermittlungen anstellen. Möglicherweise wollte sie uns deshalb auf eine falsche Fährte bringen und hat Marco geschickt. Immerhin haben wir dadurch alles andere vergessen. Und der Glatzkopf mit der Tintenfisch-Tätowierung könnte doch zu ‚Basilisk' gehören."

Dominik nickte heftig. „Klar, jedenfalls sieht er wie ein Basilisk aus."

Lilo überhörte diese Bemerkung. „Wir müssen Frau Stocker verständigen. Diese Information kann für sie wichtig sein!"

Gesagt, getan. Als Vertreterin der Knickerbocker-Bande rief Lieselotte in der Zeitungsredaktion an. Erst beim zwölften Mal bekam sie Petra Stocker an den Apparat.

„Was gibt es? Was willst du?" Die Stimme der Reporterin klang hektisch und eher unwillig. Lilo schilderte ihr, wer die Knickerbocker-Bande war und welche Fälle sie und ihre Freunde bisher gelöst hatten.

„Aha … und? Aha … und?" Das war alles, was Frau Stocker darauf sagte.

Im Telegrammstil berichtete Lilo von den Erlebnissen mit Marco und den Vorkommnissen in der Pension Esterhazy.

Schlagartig änderte sich das Desinteresse der Reporterin. Sie hörte gespannt zu und das Superhirn hatte den Eindruck, dass sie sich Notizen machte.

„Ich werde mich bei euch melden", versprach Frau Stocker und legte auf.

Fünf Minuten später läutete das Telefon.

DIE SCHWARZE KUTSCHE

Dominik wollte abheben, aber seine Mutter war schneller.

Gespannt sah sie ihr Sohn an. „Für uns?", flüsterte er ihr zu.

Frau Kascha schüttelte den Kopf. Kurz darauf kam sie ins Wohnzimmer, wo die Knickerbocker-Bande versammelt war.

„Eine gewisse Frau Stocker von der ‚Großen Zeitung' hat gerade angerufen. Sie hat mich darauf aufmerksam gemacht, dass ihr entweder Lügner seid oder euch in Lebensgefahr begeben habt. Auf jeden Fall musste ich mir jetzt einen zehnminütigen Vortrag über die Aufsichtspflicht einer Mutter anhören."

Entsetzt blickten sie die vier Kinder an.

„Meine Teuersten", sagte Dominiks Mutter langsam und sehr deutlich, „ab morgen lasse ich euch keine Sekunde mehr allein. Ich dachte, ich könnte mich auf euch verlassen."

„Aber Mama", wollte Dominik einwerfen, doch seine Mutter schnitt ihm das Wort ab.

„Schluss jetzt! Keine Diskussion!"

Enttäuscht ließen Axel, Lilo und Dominik die Köpfe hängen. Nur Poppi war erleichtert. Der Schreck saß ihr noch in den Gliedern. Sie war froh, dass das Abenteuer ein frühzeitiges Ende gefunden hatte.

Poppi ahnte nichts von den Vorbereitungen, die an diesem Abend im Hof eines alten Hauses stattfanden.

Eine pechschwarze Kutsche wurde aus der Garage geholt und abgestaubt. Früher waren in ihr Trauergäste zu Begräbnissen auf den Friedhof gefahren worden. Schon bald sollte ein sehr junger Fahrgast darin sitzen – wenn auch nicht freiwillig ...

Es war bereits Donnerstag. Die Woche war wie im Flug vergangen. Am nächsten Mittwoch begann für Dominik wieder die Schule. Seine Knickerbocker-Freunde hatten, da sie in anderen Bundesländern zu Hause waren, noch eine Woche länger Ferien.

Beim Frühstück versuchte Frau Kascha mit den Kindern ein Programm für den Tag aufzustellen.

„Wir könnten eine Wanderung durch den Lainzer Tiergarten machen", schlug sie vor. „Dort laufen viele Tiere frei herum. Zum Beispiel Wildschweine! Oder wir unternehmen eine Museumstour. In Wien gibt es zu jedem Stichwort ein eigenes Museum."

„Wirklich?" Axel sah sie zweifelnd an.

„Ja, du kannst es mir glauben", versicherte ihm Dominiks Mutter und begann zum Beweis aufzuzählen: „Wir haben ein Zirkus- und Clownmuseum und ein Museum alter Praterattraktionen. Im Naturhistorischen Museum befindet sich neben zahlreichen Sammlungen von Tieren und Naturwundern ein eigener Kindersaal mit einem Blockhaus, in das nur ihr Zutritt habt. Außerdem könnt ihr in diesem Museum ein riesiges Saurierskelett bestaunen. Gleich gegenüber, im Kunsthistorischen Museum, sind die tollsten Kunstschätze ausgestellt. Zum Beispiel eine Grabkammer und Mumien aus Ägypten. Im Museum für Völkerkunde befindet sich unter anderem eine Menschenfressergabel. Ein Tisch, der mit Kunstharz übergossen wurde, steht mit einer kompletten Mahlzeit im Museum für moderne Kunst. Wie Wien früher ausgesehen hat, könnt ihr im Historischen Museum erfahren. Außerdem kenne ich noch ein Eisenbahnmuseum, ein Feuerwehrmuseum, ein Fiakermuseum und ein Museum für Hufbeschlag. Es gibt ein Straßenbahnmuseum, ein Uhrenmuseum und ein Bestattungsmuseum."

Frau Kascha musste nach dieser Aufzählung kurz Luft holen und Lilo nützte die Pause für eine Frage:

„Sind Sie fertig oder haben Sie noch ein paar Museen auf Lager?

Dominiks Mutter lachte. „Ich könnte euch rund 70 Museen aufzählen, aber ich glaube, das reicht!"

„Eigentlich", begann Dominik, „habe ich auf etwas ganz anderes Lust. Ich möchte noch schnell möglichst viele Ferienspielveranstaltungen abklappern. Bei jeder gibt es eine Spielmarke. Und wenn wir es schaffen, neun dieser Marken zu sammeln, dürfen wir uns doch etwas wünschen!"

Die anderen waren einverstanden und so planten sie eine Route quer durch Wien. Am Abend des darauffolgenden Tages mussten sie die letzte Seite ihres Spielpasses mit den neun Marken bereits abgeben. Bisher hatte jeder nur drei.

Es wurde ein turbulenter Tag. Die Knickerbocker-Bande ging Eis laufen, besuchte ein Computerlabor, sah ein Theaterstück auf der Straße und machte einen Abstecher in ein Schwimmbad.

Als sie abends heimkamen, waren sie mit dem Ergebnis ihres Ausflugs zufrieden. Nun besaßen sie bereits sieben Sammelmarken.

„He, was ist denn das!", rief Dominik und deutete auf die andere Straßenseite. Zwischen einem roten und einem grünen Wagen stand eine schwarze Kutsche. Es handelte sich um ein sehr altes Stück, das mit kunstvollen Schnitzereien verziert war.

Die Fenster der Kutsche waren mit rotem Stoff verhängt. Der Kutschbock war leer und die vier vorgespannten Pferde klapperten unruhig mit den Hufen.

„Dürfen wir uns den schwarzen Fiaker aus der Nähe ansehen?", fragte Dominik seine Mutter.

„Natürlich", sagte Frau Kascha, „aber kommt gleich wieder! Es gibt bald Abendessen!"

Die Kinder überquerten die Straße und nahmen die Kutsche unter die Lupe. Sie machte auf die vier einen geheimnisvollen, fast gespenstischen Eindruck.

Poppi lief auf dem Gehsteig auf und ab. Sie wollte so gerne einen Blick ins Wageninnere werfen, doch es gelang ihr nicht. Schließlich stellte sie sich auf die Zehenspitzen und suchte nach einem Spalt zwischen den Vorhängen.

„Poppi! Poppi! Poppi!", hörte sie eine heisere Stimme flüstern. Das Mädchen erstarrte vor Schreck. Die Stimme kam aus der Kutsche …

DIE HÖLLENFAHRT

Hatte sich einer ihrer Kumpel einen Scherz erlaubt?
Axel war das durchaus zuzutrauen. Es wäre nicht sein
erster Streich. Aber der Junge war mehrere Meter entfernt. Er begutachtete gerade die Hinterseite der Kutsche, auf der eine Art Trittbrett angebracht war. Darauf hatten früher wahrscheinlich die Diener gestanden, wenn sie ihre Herrschaften begleiteten. Dominik
und Lieselotte streichelten die Pferde. Auch sie waren
zu weit entfernt, um dem Mädchen so einen Streich
zu spielen.

Blödsinn, ich spinne langsam, dachte Poppi und
wollte schon weggehen.

„Halt! Bleib hier. Bleib bei mir!", meldete sich die
Stimme wieder.

Nun gab es für das Mädchen keinen Zweifel mehr.
Es musste jemand in der Kutsche sitzen. Aber woher

kannte der Fahrgast ihren Namen? Poppi wollte fort-
laufen, aber ihre Beine bewegten sich nicht. Wie an-
gewurzelt blieb sie stehen.

Langsam schwang die schwarze Kutschentür auf.
Das Mädchen traute seinen Augen nicht.

In dem Halbdunkel, das in der Kutsche herrschte,
konnte Poppi an der Rückwand eine rot gepolsterte
Sitzbank erkennen. Doch niemand saß darauf. Wer
hatte den Wagenschlag geöffnet? Es konnte doch kein
Geist gewesen sein. Vielleicht befand sich eine zweite
Sitzbank auf der Kutschbockseite?

Poppi stand zu weit links und konnte deshalb
nichts sehen.

„Steig ein … Bitte, steig ein und frag nicht, warum!", flüsterte die unheimliche Stimme.

Das Mädchen tappte langsam auf die Kutsche zu.
Sie stand nun direkt neben der offenen Tür und
beugte sich zaghaft vor.

Als Poppi den Kopf in den Innenraum steckte, riss
sie den Mund auf und wollte laut schreien. Auf der
Bank, die ihr bisher verborgen geblieben war, hatte sie
ein schwarzes Gewand und ein Paar schwere schwarze
Schuhe entdeckt.

Doch bevor sie auch nur einen Laut von sich geben konnte, hatte sich schon eine große Hand, die in
einem dunklen Lederhandschuh steckte, über ihr Gesicht gelegt.

„Pssst, keinen Ton, bitte! Bitte, sei still!", wisperte ihr die geheimnisvolle Stimme ins Ohr.

Poppi drehte den Kopf und erkannte das Gesicht eines älteren Mannes. Er hatte graues Haar und einen weißen, buschigen Backenbart, der sich bis zum Kinn zog. Er trug einen schwarzen Zylinder und einen dicken, altmodischen Umhang.

Der Mann musste ungeheure Kräfte besitzen. Er packte Poppi ganz sanft und hob sie in die Kutsche, als wäre sie leicht wie eine Feder. Behutsam drückte er sie in die weichen Polster, beugte sich über sie und flüsterte ihr etwas ins Ohr.

Der Vorfall hatte nur wenige Sekunden in Anspruch genommen und war den anderen Knickerbockern nicht aufgefallen. Axel hatte zwar bemerkt, dass die Kutsche plötzlich schwankte. Allerdings war ihm das nicht verdächtig erschienen.

„Heeeeiiiiiaaaa!" Mit einem Schrei schwang sich der schwarze Kutscher nun auf den Bock und ließ die Zügel schießen. Die Pferde rasten los.

„Vorsicht! Lieselotte!", brüllte Dominik. Um ein Haar wäre das Superhirn niedergetrampelt worden.

Durch einen mächtigen Satz konnte sich Lilo in Sicherheit bringen. Schnell hatte sie sich vom ersten Schreck erholt und lief nun auf der Fahrbahn neben der Kutsche her.

Sie wollte unbedingt einen Blick auf die gruselige schwarze Gestalt werfen, die da oben auf dem Kutschbock thronte.

Als der Mann das bemerkte, zog er den Zylinder tief ins Gesicht, schnalzte mit den Zügeln und schrie: „Hüüü! Lauft, meine Pferdchen! Hüüü!" Dann ließ er die Peitsche durch die Luft sausen. Die Pferde bäumten sich laut wiehernd auf und verdoppelten ihr Tempo.

Lieselotte hatte das Gefühl, dass der schwarze Kutscher die Kraft seines Gespanns unterschätzt hatte. Krampfhaft klammerte er sich mit einer Hand an seinem Sitz fest.

Die Hufeisen klapperten laut über den Asphalt. Die Kutsche ächzte und knarrte.

Das Mädchen konnte nicht mehr Schritt halten und blieb stehen. Polternd jagte das altertümliche Gefährt davon.

Entsetzt erkannte Lilo nun, dass jemand hinten auf dem Trittbrett kauerte. „Axel!", schrie Lieselotte außer sich. „Spring ab! Spring ab! Was soll das?"

„Poppi!", erwiderte Axel. „Poppi muss da drinnen sein! Sie war plötzlich vom Gehsteig verschwunden. Ich kann sie nicht im Stich lassen."

Erst jetzt fiel Lilo und Dominik auf, dass das jüngste Bandenmitglied abhanden gekommen war.

„Wieso … wieso ist sie in der Kutsche? Wie konnte sie nur einsteigen?" Dominik war fassungslos.

„Wahrscheinlich ist sie nicht freiwillig eingestiegen", vermutete Lilo.

Die Kutsche bog bereits um die Ecke. Dabei neigte sie sich gefährlich und wäre um ein Haar auf die Kreuzung gekippt. Das Schlagen der Hufe verklang in der Ferne.

Lautes Hupen riss Dominik und Lieselotte aus ihrer Starre.

Axel versuchte mit allen Mitteln nicht von dem schmalen Brett zu rutschen. Mit einer Hand umklammerte er den Rand der Stufe, mit der anderen tastete er verzweifelt nach einem besseren Halt. Die Diener hatten früher auf diesen Trittbrettern gestanden … Oben, an der Hinterseite der Kutsche, erkannte der Junge einen Haltegriff. Aber wie sollte er sich jetzt aufrichten? Bei dem Gerüttel war das völlig unmöglich.

Die Kutsche raste durch zahlreiche enge, verwinkelte Gässchen, ohne nur ein einziges Mal anzuhalten. Als sie eine Ampel erreichte, die Rot zeigte, musste sie schließlich die Fahrt doch verlangsamen.

„Brrrr!", machte der Kutscher und brachte die vier Pferde mit einiger Mühe zum Stehen.

Diese Gelegenheit wollte Axel nützen um sich aufzurichten. Er sprang vom Trittbrett, streckte sich und wollte gerade den Haltegriff packen, als die Kutsche anfuhr.

Der Ruck überraschte den Jungen und er verlor das Gleichgewicht.

Axel ruderte mit den Armen wild durch die Luft und landete unsanft auf der Straße. Er kippte nach hinten und schlug mit dem Kopf auf dem Asphalt auf. Stöhnend richtete er sich auf und brüllte aus Leibeskräften: „Poppi! Poppi! Poppi, spring heraus!"

Zu seinem Entsetzen musste er feststellen, dass nichts geschah. Die Wagentüren blieben geschlossen und die Kutsche verschwand mit seiner Knickerbocker-Freundin in der nächsten Seitengasse.

Bremsen quietschten. Axel drehte sich erschrocken um und starrte in einen Autoscheinwerfer.

„Bist du des Wahnsinns fette Beute, Junge? Warum sitzt du da auf der Straße? Ich habe dich in letzter Sekunde gesehen!", schimpfte die Fahrerin des Wagens.

Benommen sprang Axel auf und taumelte zum Gehsteig. Ampeln, Gebäude und Schaufenster begannen zu verschwimmen.

Dann stürzte der Junge kopfüber in einen langen schwarzen Tunnel …

GEHEIMBUND „HOLZFUSS"

Poppi lag auf der Sitzbank und weinte in den roten, abgewetzten Plüsch. Es waren Tränen der Verzweiflung, der Angst und der Erschöpfung. Wo war sie da hineingeraten? Wer war dieser alte Kutscher?

Die Fahrt schien kein Ende zu nehmen. Immer, wenn die Kutsche um eine Ecke raste, wurde das zarte Mädchen hin und her geschleudert. Wohin brachte sie der geheimnisvolle Entführer?

Auf einmal hielt die Kutsche an. Das Quietschen einer rostigen Angel und das Knarren eines Holztores waren zu hören. Langsam trabten die Pferde weiter. Ihre Hufschläge hallten nun, als wäre das Gefährt in einem großen Saal eingetroffen.

Hinter der Kutsche krachte das Tor wieder zu. Zwei schwere Riegel wurden vorgeschoben. Schritte näherten sich dem Wagen.

Poppi richtete sich auf und drückte sich ängstlich in eine Ecke. Was würde nun geschehen?

Da ging die linke Wagentür auf und der Kutscher steckte seinen Kopf herein. Er nahm den Zylinder ab und wischte sich den Schweiß von der Stirn. „Endstation, Poppi!", sagte er mit ruhiger, freundlicher Stimme. Er zwinkerte dem Mädchen aufmunternd zu. „Komm!" Der Kutscher streckte ihr seine Hand entgegen. „Komm, du wirst dich bei mir wohl fühlen."

„Wer … wer sind Sie?", stieß Poppi hervor.

„Mein Name ist Ferdinand. Ich kenne deinen Vater gut. Er hat mich gebeten, dich in Sicherheit zu bringen. Ich habe dieses Theater nur aus einem Grund veranstaltet: Die Gangster, die dir auf den Fersen sind, sollten nicht bemerken, dass dein Vater damit etwas zu tun haben könnte."

Das Mädchen schüttelte energisch den Kopf. „Das glaube ich Ihnen nicht."

„Es ist aber so. Dein Vater und ich sind Mitglieder eines geheimen Bundes namens ‚Holzfuß‘. Wir haben geschworen einander immer zu helfen. Ich habe deinen Vater erst gestern in Graz besucht."

Poppi starrte Ferdinand mit großen Augen an.

„Leo war außer sich. Er wird erpresst. Wenn er gewissen Anweisungen nicht Folge leistet, wird dir etwas zustoßen, haben ihm die Erpresser gedroht. Er darf das Haus nicht verlassen – und du wirst angeblich Tag und Nacht beschattet."

Diese Geschichte kam Poppi wie ein Horrormärchen vor. Nun hielt sie es nicht länger in der Kutsche aus. Sie kroch heraus und fiel in die Arme des Mannes. Er hob sie hoch und trug sie ins Haus.

„Na ja … und damit er vor Sorge nicht die Wände hochgeht, habe ich ihm versprochen, dass ich mich um dich kümmern werde. Jetzt bist du in Sicherheit. Entschuldige, dass ich so ein Theater veranstaltet habe. Aber das Theater ist heute mein Leben. Weißt du, meine Pferde und meine alte Kutsche werden immer wieder für Theaterstücke gebraucht. Da fahren wir dann auf die Bühne …"

„Aber die Erpresser…", murmelte Poppi.

„Ich glaube, ihre Drohung war ein Bluff. Hier finden sie dich nicht. Und wenn doch, dann kommen sie nicht herein. Hasso und Terri sorgen dafür."

Zur Bestätigung stürmten ein mächtiger Schäferhund und ein kräftiger Boxer ins Zimmer. Sie liefen zu Poppi und leckten ihre Hände.

„Bei mir wird es dir gefallen, Mädchen", versprach der Kutscher. „Ich habe nicht nur vier echte alte Fiaker und vier Pferde, sondern auch einen Esel, ein Javaäffchen, zwei Kaninchen und ein Meerschweinchen. Ich muss meine Tiere jeden Abend in den Schlaf streicheln. Hilfst du mir heute dabei?"

„Ja", sagte Poppi glücklich. Doch dann fiel ihr etwas ein. „Frau Kascha … sie wird sich Sorgen machen und die Polizei rufen!"

„Wird sie nicht", lächelte Ferdinand verschmitzt.

An diesem Abend überstürzten sich die Ereignisse.

Als Dominiks Mutter die Wohnung betreten wollte, wäre sie fast über ein Paket gestolpert, das vor der Tür lag. Sie hob es auf und wunderte sich, wie leicht es war.

Neugierig öffnete sie die Schachtel.

Drinnen lag ein Zettel mit folgender Nachricht:

POPPI GEHT ES GUT.
HERR MONOWITSCH WEISS,
WO SIE SICH BEFINDET.
ALLES ERFOLGTE AUF SEINE
ANWEISUNG.
ZUM BEWEIS KÖNNEN SIE IHN
ANRUFEN.
STELLEN SIE NUR DIE FRAGE:
WIE IST DAS WETTER IN GRAZ?
ER WIRD MIT „HEITER" ANTWORTEN.

Im nächsten Augenblick erschienen Lieselotte und Dominik mit der Schreckensnachricht von Poppis Entführung in der Wohnung.

Frau Kascha rief sofort in Graz an und bekam die versprochene Antwort. Was hier im Gang war, konnten sich selbst die beiden Juniordetektive nicht erklären. Allerdings hatten sie auch keine Zeit für lange Überlegungen, da sie ja Axel suchen mussten.

Dominiks Mutter fuhr sofort mit den beiden los. Sie kämmten die nähere Umgebung Straße für Straße ab. Ohne Erfolg.

Als sie wieder beim Haus der Kaschas eintrafen, wurden sie schon von einer unruhigen Dame erwartet. Auf der Rückbank ihres Wagens lag Axel. Er musste sich bei dem Sturz von der Kutsche eine leichte Gehirnerschütterung zugezogen haben.

Der Hausarzt der Kaschas verordnete Axel nach einer gründlichen Untersuchung zwei Tage Bettruhe.

Am Freitag verließen die drei Freunde die Wohnung nicht. Dominik und Lilo wollten Axel nicht im Stich lassen, außerdem hatten sie Angst.

Frau Kascha brachte auf Wunsch ihres Sohnes die vier Teilnehmerkarten des Ferienspiels ins Rathaus.

„Erklär Uschi, warum wir nicht die erforderlichen neun Marken sammeln konnten. Vielleicht dürfen wir trotzdem an der Verlosung der ‚Wünsch-dir-was-Preise' teilnehmen", hatte er seiner Mutter eingeschärft.

EINE ÜBERRASCHUNG NACH DER ANDEREN

Der Samstag begann mit einem Knalleffekt.

ALLES SCHWINDEL!

lautete die Schlagzeile auf der ersten Seite der „Großen Zeitung".

Lilo, Dominik und Axel rissen Herrn Kascha die Zeitung aus der Hand und stürzten sich auf den Artikel.

„Bei der öligen Flüssigkeit, die der Redakteurin Petra Stocker übergeben wurde, handelt es sich um eine gewöhnliche Säure, die auf keinen Fall die Schäden anrichten kann, die ‚Basilisk' angedroht hat. So lautet nun der endgültige Bericht von Professor Monowitsch. Warum der Wissenschaftler bisher geschwiegen hat, ist jetzt klar. Die Erpresser drohten, gegen seine Tochter Paula vorzugehen. Das Mädchen befindet sich in Sicherheit und deshalb konnte Professor Monowitsch nun endlich den wahren Sachverhalt aufdecken.

Die Statue im Hof des Redaktionsgebäudes der ‚Großen Zeitung' wurde nicht mit der fraglichen Flüssigkeit behandelt. Die Figur war nur eine Kopie der echten Pallas Athene. Die Statue war aus einem Spezialmaterial gefertigt und wurde durch einen eingebauten, ferngesteuerten Zerstörungsmechanismus zum Zerfallen gebracht."

„Wir können also wieder aufatmen!", stellte Dominik erleichtert fest. „Zum Glück haben wir uns nie wirklich auf die Suche nach diesen Spaßvögeln gemacht. Das hätte sich nicht gelohnt."

Lieselotte widersprach ihm. „Ich weiß nicht", murmelte sie. „Wer versteckt sich hinter dem Decknamen ‚Basilisk'? Diese Gräfin von Schreck, der Glatzkopf, Marco … wer sind diese Leute? Wo steckt der italienische Junge? Da gibt es doch ein Geheimnis, das noch gelüftet werden muss!"

„Auf jeden Fall ist uns nun klar, warum Poppi auf so spektakuläre Art verschwunden ist", meinte Axel und fügte hinzu: „Hoffentlich kommt sie bald aus ihrem Versteck."

Erfreulicherweise ging es dem Jungen schon bedeutend besser. Er hatte nur noch leichte Kopfschmerzen.

Am Sonntag erwartete die Knickerbocker-Bande bereits die nächste Überraschung.

Gegen Abend läutete das Telefon.

Am Apparat war ein gewisser Paul Blitzer vom Ferienspiel. Er teilte den Kindern mit, dass ihnen der Sonderpreis zugesprochen worden war, weil sie sich auf einen gemeinsamen Wunsch festgelegt hatten. Am Dienstag sollte in der Stadthalle ein riesiges Fest steigen, zu dem 10 000 Kinder erwartet wurden. Bei dieser Gelegenheit sollte ihnen ein Gutschein übergeben werden.

Nachdem Axel, Lilo und Dominik ihren Freudentanz beendet hatten und sich keuchend auf das Sofa fallen ließen, fragte Herr Kascha: „Was habt ihr euch eigentlich gewünscht?"

„Wir wollen einmal einen Blick hinter die Kulissen des Musicals ‚Das Phantom der Oper' werfen", erwiderte Dominik. „Du weißt schon, das ist die Geschichte dieser Gruselgestalt, die in der Pariser Oper herumgespukt haben soll. Das Phantom hat eine junge Chorsängerin namens Christine gefördert und heimlich zum Star ausgebildet. Eines Nachts hat der Operngeist das Mädchen dann in sein unterirdisches Reich gebracht. Das Phantom soll auf einer Insel in einem See unter dem Opernhaus gelebt haben."

„Auf der Bühne tun sich da die irrsten Sachen", schwärmte Axel, der das Musical schon gesehen hatte.

„Hunderte brennende Kerzen steigen aus dem Boden. Der See taucht auf. Ein riesiger Kristalllüster, der über den Köpfen des Publikums hängt, donnert auf die Bühne und … und … und …"

„Da kann ich euch wirklich nur viel Spaß wünschen!", lachte Herr Kascha.

Axel und Lilo durften auf jeden Fall eine Woche länger in Wien bleiben, damit sie am Samstag bei der Sonderführung durch das Theater dabei sein konnten. Die Nachmittagsvorstellung sollten die Knickerbocker hinter den Kulissen verbringen, die Abendvorstellung dann im Zuschauersaal.

Die allergrößte und schönste Überraschung gab es dann am Dienstag in der Stadthalle. Es war kurz bevor Axel, Lilo und Dominik auf die Bühne treten und ihren Preis in Empfang nehmen sollten.

An die 20000 Hände applaudierten begeistert den Radakrobaten, die ihre Kunststücke gezeigt hatten. Danach blies die Band einen Tusch und der Präsident der Show bat die Knickerbocker-Bande auf die Bühne. Gerade als die drei Freunde aus dem Mund eines riesigen Kulissenclowns liefen, hörten sie hinter sich eine helle Stimme.

„Halt! Ich gehöre auch dazu!"

„Poppi!", riefen die drei und machten kehrt. Der Mann auf der Bühne blickte sich etwas ratlos um. Ein älterer Herr mit weißem Backenbart begleitete das Mädchen.

„Der schwarze Kutscher!", stieß Axel hervor.

„Ich habe euch einiges zu erklären", meinte der Mann. „Denn jetzt scheint die ganze Sache überstanden zu sein. Vor allem muss ich euch einmal sagen, dass es mir Leid tut, dass du vom Trittbrett gefallen bist, Axel. Ich war so in die Fahrt vertieft …"

„Schon okay", sagte der Junge großzügig. „Hauptsache, Poppi ist es gut gegangen."

„Wir müssen Ferdinand unbedingt bald gemeinsam besuchen!", meine Poppi.

„Unbedingt – auch wenn er so heißt wie Herr Müllermeier, der Hausmeister des Gustav-Gymnasiums", kicherte Dominik.

Ein lautes Räuspern aus den Lautsprechern ließ die vier Kinder aufhorchen. „Bitte, die Knickerbocker-Bande auf die Bühne!", flehte der Showmaster. Die Juniordetektive wollten ihn nicht länger warten lassen und liefen los.

Jetzt hat alles doch noch ein gutes Ende genommen, dachte Poppi erleichtert.

Aber der Fall war noch nicht abgeschlossen …

DAS PHANTOM
SCHLÄGT ZU

Herr Müllermeier, der Hausmeister, hatte dem ersten Schultag mit großer Sorge entgegengesehen. In den letzten Ferientagen war das Phantom nicht mehr aufgetaucht.

Zu seiner großen Erleichterung hatte er nach der Geschichte mit dem Fußballtor kein Flüstern gehört. Aber konnte er dem Frieden trauen? Sicher war er sich da nicht!

Auch Dominik freute sich nicht gerade auf den ersten Schultag. Seine drei Freunde konnten gemütlich zu Hause sitzen und faulenzen. Das machte die Sache für ihn nur noch schlimmer.

Pünktlich um neun schlenderte er zu seinem Klassenzimmer im dritten Stock.

In der Klasse herrschte reges Treiben, denn nach den Ferien hatten alle einander viel zu erzählen.

Als Herr Schnofel, der Klassenlehrer, den Raum betrat, verebbte das Gemurmel.

„Herzlich willkommen, meine Lieben!", begrüßte er die Kinder überschwänglich.

Ein lautes, schrilles „Muh!" war die Antwort.

Vor Schreck rutschte dem Lehrer die Brille von der Nase. „Wer war das, bitte?", fragte er streng.

„Quak! Quak! Schnatter! Schnatter!", krächzte es.

„Herr Schnofel, das war keiner von uns. Die Tierlaute sind aus der Anlage gekommen", rief Dominik und zeigte auf das graue Kästchen über der Tafel.

„Unsinn!" Der Lehrer winkte ab. „Die Lautsprecheranlage kann nur von der Direktion aus bedient werden. Ihr denkt doch nicht, dass unser Direktor solche Scherze treibt."

Schallendes Gelächter erfüllte den Raum.

Eine donnernde Stimme drang aus dem Lautsprecher. „Herzlich willkommen in meinem Reich!", verkündete sie. „Im Reich des Phantoms der Schule!"

Hohe Pfeiftöne folgten einem tiefen, bedrohlichen Brummen. Entsetzt hielten sich die Schüler die Ohren zu.

Die Jungen und Mädchen sprangen auf und liefen auf den Gang. Dort herrschte das totale Chaos.

„Das Phantom! Das Phantom!", kreischten die Schüler aus der ersten Klasse.

Ein mehrfaches Knallen ließ Dominik zusammen-

zucken. Es war zweifellos aus dem Chemiesaal gekommen. Dicke Rauchschwaden, die ekelhaft nach
verfaulten Eiern stanken, quollen unter der Türritze
des Saals hervor.

Herr Geier, der Direktor des Gustav-Gymnasiums,
rannte wie ein aufgeschrecktes Huhn durch die Schule
und versuchte, wieder Ordnung herzustellen – allerdings mit äußerst mäßigem Erfolg.

„Hilfeee!", brüllte eine Stimme bei der Treppe. Dominik bahnte sich einen Weg durch das Gewühl und stieß auf Frau Rotlauf, die Biologielehrerin. „Hilfeee! Der Eisbär …!", japste sie.

„Was ist mit ihm?", wollte Dominik wissen. Er bekam aber keine Antwort.

Frau Rotlauf stieß ihn einfach zur Seite und jammerte ängstlich: „Herr Direktor! Der Bär … ist los!"

Als echter Knickerbocker ließ der Junge jetzt nicht locker und beschloss die biologische Sammlung zu untersuchen. Er betrat den engen, muffigen Raum und sah sich um. Auf den ersten Blick war nichts Auffälliges zu entdecken.

Dominik ließ den Bären, der in der hinteren Ecke stand, keine Sekunde aus den Augen. Als er nur noch einen Schritt von ihm entfernt war, kam plötzlich Leben in das ausgestopfte Tier.

Der Bär brummte und hob drohend die Tatzen.

Der Junge schrie auf und stürzte zur Tür. Auf dem Gang blieb er stehen. Er atmete dreimal tief durch und drehte sich dann mit einem Ruck um.

Nichts rührte sich.

„Es gibt keine ausgestopften Bären, die lebendig werden", murmelte Dominik. Er schnappte sich einen Stuhl, der neben der Tür stand, und ging zu dem Bären zurück. Den Stuhl streckte er wie einen Degen vor sich hin.

Als das Stuhlbein das Fell des Tieres fast berührte, brach der Spuk erneut los. Der Bär stieß ein Brummen aus und riss die Tatzen hoch.

Dominik stellte den Stuhl ab und grinste. Das konnte nur ein Trick sein! Ein raffinierter technischer Trick.

„Ich werde euch das Schuljahr zur Hölle machen!", grölte die Stimme des Phantoms durch die Gänge. „Ihr werdet keine ruhige Minute haben! Ihr seid in meiner Gewaaaaalt!" Wieder folgte ein gemeines Gelächter.

„Die Wasserhähne laufen plötzlich!"

„In den Toiletten rauschen sämtliche Spülungen!"

„Im Physiksaal zucken Blitze aus den Steckdosen!"

„Die Heizung hat sich in Betrieb gesetzt. In der Turnhalle sind es schon über 40 Grad!"

Die Kinder wurden nach Hause entlassen. Am Schultor stand der Direktor und rief allen zu, dass der Unterricht trotzdem am nächsten Tag um acht Uhr beginnen würde.

„Das kann doch wohl nicht wahr sein!", staunte Axel, nachdem Dominik seinen Bericht beendet hatte.

Lieselotte hatte die ganze Zeit über etwas nachgedacht: Das Phantom der Schule … Das Phantom der Oper … Das eine Phantom versetzt Schüler und Lehrer in Angst und Schrecken. Das andere terrorisiert

Sänger und Operndirektoren. Da bestand eindeutig ein Zusammenhang. Jemand hat sich die Geschichte des Musicals zum Vorbild genommen.

„Das Phantom der Schule hat es irgendwie geschafft, die Lautsprecheranlage anzuzapfen", vermutete Dominik.

Lilo nickte. „Und irgendwo muss es sitzen und alles steuern. Und diese Kommandozentrale werden wir finden!"

Poppi winkte ab. „Ohne mich. Mir reicht es!"

„Okay, dann hältst du hier die Stellung. Axel, Dominik und ich machen einen Sprung in die Schule."

Lilo war auf das Äußerste gespannt, was sie im Gustav-Gymnasium finden würden …

DAS GEHEIMNIS
DES GROTTENOLMS

Das Gustav-Gymnasium war ein sehr altes Schulgebäude. Früher hatte es einmal der gräflichen Familie
von und zu Geiergas als Wohnsitz gedient.

Im Jahre 1912 hatte Graf Gustav von Geiergas das
Gebäude dann in eine Schule umbauen lassen und der
Stadt gestiftet. Daher der Name Gustav-Gymnasium.
(Der Name Geiergas-Gymnasium war selbst humor-
losen Direktoren als etwas lächerlich erschienen.)

Als die drei Knickerbocker-Freunde bei der Schule
eintrafen, war es kurz nach Mittag. Auf den Stufen,
die zu dem pompösen Portal führten, saß Herr Müllermeier und wackelte wild mit den Ohren.

„Ich kann es einfach nicht fassen!", murmelte er.

Das Schultor ging knarrend auf und drei Polizisten
kamen heraus. Ihnen folgten Fotografen und ein Ka-
merateam des Fernsehens.

„Also, so etwas haben wir noch nie erlebt!", lautete ihr einstimmiger Kommentar.

„Ich auch nicht", stöhnte Herr Müllermeier. „Meine Aufsichtspflicht über das Schulgebäude habe ich eindeutig verletzt. Dieses Phantom hätte sich nicht Zutritt verschaffen dürfen."

„Aber, Herr Müllermeier, vielleicht hat es den Spuk vorbereitet, während Sie im Urlaub waren", beruhigte ihn Dominik.

Der „Ohrenbär" blickte auf. „Ja, genau so muss es gewesen sein. Meine frühe Rückkehr hat den Kerl überrascht."

„Das müssen Sie uns haargenau erzählen", bat Dominik. Der Hausmeister schilderte den drei Juniordetektiven seine Erlebnisse.

„In die Bio-Sammlung ist das Phantom gesaust … und dort verschwunden …", wiederholte Lieselotte nachdenklich.

„Herr Müllermeier, dürfen wir den Raum einmal sehen?", bat Dominik.

„Warum?", fragte der Hausmeister. Er war misstrauisch geworden. Sollte etwa einer der Schüler hinter dem Spuk stecken?

„Weil wir die Knickerbocker-Bande sind und schon manches Geheimnis gelüftet haben", erklärte Axel.

„Ehrlich, es verhält sich wirklich so!", versicherte ihm Dominik.

Etwas zögernd erhob sich das „Lauschofon" und stieg mit den Kindern in den dritten Stock hinauf.

„Ich bin gespannt, ob die Anlage jetzt auch eingeschaltet ist", murmelte Lieselotte, als sie den düsteren Raum betrat. Mutig ging sie auf den Bären zu. Doch dieser blieb stumm und steif.

„Was ist mit den Blitzen aus den Steckdosen und den rauschenden Klospülungen?", erkundigte sich das Superhirn bei Herrn Müllermeier.

„Alles aus! Kaum hatte der letzte Schüler das Schulhaus verlassen, war das Theater vorbei."

Langsam ging Lilo an den Regalen entlang und ließ ihre Blicke schweifen. Dort, wo zwischen den Regalen die Mauer zu erkennen war, klopfte sie gegen den Verputz. „Wie dick sind die Mauern?", wollte sie wissen.

„Keine Ahnung", meinte der Hausmeister. „Auf jeden Fall ziemlich dick. Das Haus ist ein alter Kasten."

Axel verstand nun, worauf seine Knickerbocker-Freundin hinauswollte. „Im Buch vom Phantom der Oper steht, dass der Operngeist geheime Gänge und Treppen in den Mauern des Hauses benutzte. Glaubst du, dass das auch hier so sein könnte?", fragte er.

Lilo nickte. „Wie sollte das Schulphantom sonst entkommen sein? Verdunstet ist es bestimmt nicht! Los! Sucht!", forderte sie die anderen auf.

Herr Müllermeier hielt die Überlegungen der Kinder für absoluten Blödsinn. Kopfschüttelnd ging er zurück in seine Wohnung im Erdgeschoss, um sich ein Taschentuch zu holen.

Auf diesen Moment hatte Lieselotte nur gewartet. „Schnell, vielleicht können wir eine Geheimtür entdecken. Klopft alles ab!"

In fieberhafter Eile durchsuchten sie den Raum. Lieselotte und Dominik durchstöberten vor allem die Ecke, in der der Bär stand. Die Regale reichten hier nicht bis zum Boden. Das ungefähr einen Meter hohe Mauerstück, das sie frei ließen, war mit dunklem Holz vertäfelt. Als Lilo darüber strich und pochte, hielt sie plötzlich inne.

„Dominik, hör dir das an!", sagte sie leise und klopfte noch einmal.

Hohl! Es klang hohl. Hinter der Holzplatte war eindeutig keine Mauer. Lieselotte versuchte, die Vertäfelung zu verschieben oder nach innen zu drücken. Doch das Brett gab keinen Zentimeter nach.

Axel war so in die Untersuchung der länglichen Gasbehälter vertieft, dass ihm gar nicht auffiel, was seine Freunde entdeckt hatten.

Lilo und Dominik stemmten sich nun gemeinsam gegen die Holzplatte, doch sie rührte sich nicht.

In diesem Moment war Axel bei einer langen Glasröhre angelangt, in der ein gelblicher Grottenolm schwamm. Er hob das Glas hoch und stutzte. Die Farbe des Regalbrettes darunter war dunkler. Grübelnd betrachtete er den dunkelbraunen Kreis. Ob das nur eine Verfärbung war? Der Junge tastete die Fläche ab und drückte mit dem Daumen dagegen.

„Ahhhh!", hörte er Lilo und Dominik schreien.

Überrascht drehte er sich um und traute seinen Augen nicht. Er musste den Auslöser für die Geheimtür entdeckt haben. Die Holzvertäfelung war nach innen geschwungen und hatte den Zugang zu einem Raum freigegeben.

Vom Gang her war das Räuspern und Niesen des Hausmeisters zu hören.

„Hinein, schnell!", rief Lieselotte.

Axel folgte der Aufforderung seiner Freundin und kroch durch das Loch in der Wand. Kaum war er drinnen, kamen ihm seine beiden Kumpel nach und Lilo drückte die Holztür zu.

Als Herr Müllermeier die Bio-Sammlung betrat, blieb er fassungslos stehen. Er hatte doch gerade noch die Stimmen der Kinder gehört …

DIE KOMMANDOZENTRALE

Hinter der Holztafel befand sich eine niedrige Nische, von der ein enger, langer Gang abzweigte, der steil nach unten führte. Es roch nach feuchtem Mauerwerk und war sehr heiß. Die drei Juniordetektive kamen gehörig ins Schwitzen. Sie konnten nur auf allen vieren kriechen und das tat ziemlich weh.

Über ihren Köpfen brannte alle paar Meter eine kleine Lampe, die den Geheimgang erhellte. „Hoffentlich bedeutet das Licht nicht, dass das Phantom anwesend ist", raunte Dominik Lilo zu, die hinter ihm robbte.

„Lass dich überraschen!", stöhnte seine Knickerbocker-Freundin. Allerdings nahm sie die Sache doch nicht so ganz auf die leichte Schulter, wie sie vorgab.

Der Gang machte mehrmals einen rechtwinkligen Knick und führte offensichtlich im Inneren anderer

Mauern weiter. Schweigend schoben sich die drei Junior-Detektive voran. Sie waren auf das Äußerste gespannt, wo sie herauskommen würden.

Ächzend zwängte sich Axel um die nächste Ecke. Er hob den Kopf und blickte nach vorne. Gleich darauf gab er den anderen mit der Hand ein Zeichen, sich ruhig zu verhalten.

Vor ihm lag das Ende des Ganges. Durch die schmale Tunnelöffnung sah er in ein ziemlich verfallenes Kellergewölbe mit rohen Ziegelwänden. In der

Mitte des Raumes stand ein Schaltpult, zu dem von allen Seiten her hunderte von Drähten und Kabeln führten. Ein Wald von Schaltern und Hebeln, zwischen denen rote, grüne und gelbe Lampen blinkten, war zu erkennen.

Axel achtete darauf, nun kein Geräusch zu machen, und tastete sich langsam weiter. Das Phantom schien ausgeflogen zu sein.

Er war nun fast am Ende des Tunnels angelangt. Von hier aus konnte er bereits den ganzen Raum überblicken, der höchstens drei Meter lang und zwei Meter breit war. Erleichtert atmete er auf. Das Phantom war wirklich nicht da!

Mit einem Plumps landete Axel auf dem sandigen Boden und half dann seinen beiden Knickerbocker-Freunden aus der Röhre.

„Ein Wahnwitz!", staunte Lieselotte, als sie den technischen Aufbau der Kommandozentrale betrachtete. Auch an den Wänden und der Decke waren Schaltkästen, Tonbandgeräte, Lautsprecher und mehrere Fernsehapparate.

Axel blickte eine Weile auf das Kommandopult und legte dann eine Reihe von Schaltern um, die mit „TV-Überwachung" beschriftet waren.

Die Fernsehgeräte begannen zu flimmern und bald tauchte auf jedem Bildschirm ein Raum der Schule auf.

„Da … der Müllermeier! Er steht noch immer in der Bio-Kammer und sucht uns!", sagte Dominik.

„Bär", las Axel neben einem roten Hebel. Er legte ihn um.

„Jetzt erschrickt der Müllermeier und rennt hinaus!", berichtete Dominik aufgeregt.

Lilo lachte auf. „Na klar, der Bär hat gerade gebrummt und die Tatzen gehoben."

Die Bande fand auch das Mikrofon, über das sich das Phantom in die Lautsprecheranlage eingeschaltet hatte, und die Steuerung für die anderen Tricks.

„Aber wer hat das alles aufgebaut?", fragte Dominik seine Freunde.

„Und wozu? Das muss doch ungeheuer mühsam und teuer gewesen sein", überlegte Axel.

„Das kann nur jemand gewesen sein, der dieses Gebäude haben möchte. Durch die dauernden Störungen will er erzwingen, dass die Schule hier auszieht", dachte Lieselotte laut.

„Und wer steckt hinter der Maske des Phantoms?" Das interessierte Axel am allermeisten. „Wir sollten die Kommandozentrale nach Hinweisen durchstöbern. Vielleicht fällt uns etwas auf."

Über zehn Minuten durchsuchten die drei den Raum. Ihre ganze Ausbeute bestand aus einem Straßenbahnfahrschein.

„Das Phantom ist vor drei Tagen mit der Linie 13

gefahren", stellte Axel am Stempel fest, mit dem die Karte entwertet worden war.

„Dann werden wir also auch ein paar Runden mit dieser Linie drehen. Es ist die einzige Möglichkeit, auf eine weitere Spur zu stoßen", meinte Lilo.

„Zuerst müssen wir aber hier raus! Und eigentlich habe ich keine Lust den ganzen Weg durch den Geheimgang zurückzukriechen", sagte Dominik.

„Nun ja, dann werden wir es eben mit diesem Ausgang versuchen", grinste Lilo und zeigte auf eine schmale Eisentür in der Wand. Sie lag im Schatten eines Vorsprungs und war ihren Freunden daher nicht aufgefallen. Das Mädchen tastete gerade nach der Klinke, als von der anderen Seite Schritte zu hören waren.

„Schnell! Schnell zurück in den Tunnel! Macht schon!", zischte Lieselotte. „Das Phantom kommt!"

Axel hechtete in den Gang und schürfte sich dabei die Knie auf. Dominik rutschte mehrmals aus. Schließlich packte ihn Lilo am Hosenbund und schob ihn durch die Öffnung. Als sie in die Röhre kletterte, wurde die Tür aufgesperrt.

Lilo geriet in Panik.

Quietschend ging die Tür auf.

Lieselotte erstarrte. Sie war gut drei Meter weit im Tunnel. Eigentlich konnte sie das Phantom nicht entdecken.

Da schoss Lilo ein entsetzlicher Gedanke durch den Kopf. Sie hatten die Fernsehapparate nicht wieder abgedreht. Das Phantom würde merken, dass jemand in seiner Zentrale gewesen war.

Lilo hielt den Atem an.

HART AUF DEN FERSEN

Das Superhirn der Knickerbocker-Bande hörte, wie sich das Phantom in seine Zentrale zwängte. Es schien einen Fuß nachzuschleifen.

Leider hatte Lieselotte keine Möglichkeit, einen Blick auf den Unbekannten zu werfen. Sie hatte der Öffnung der Röhre ja den Rücken zugewandt. Und der Tunnel war so eng, dass sie sich darin nicht herumdrehen konnte.

Das Phantom pfiff fröhlich vor sich hin. Klick … klick … klack … knips, knips … tönte es durch den Raum.

Das Phantom schien seine Anlage entweder ein- oder auszuschalten.

„He … was ist denn das nun schon wieder?", hörte Lieselotte mit einem Schrecken plötzlich eine tiefe, merkwürdig kratzige Stimme hinter sich murmeln.

Verdammt! Jetzt hatte der geheimnisvolle Gauner bemerkt, dass jemand in sein Reich eingedrungen war. Wieder wurden Schalter betätigt.

„Sollten da wirklich … ?", knurrte das Phantom mit heiserer Stimme.

Humpelnde Schritte wurden hörbar. Lieselotte trat der Angstschweiß auf die Stirn und das Herz schlug ihr bis zum Hals.

Bitte, dachte sie flehend, bitte, schau nicht in den Tunnel. Bitte!

Das Phantom atmete schwer. Es schien beunruhigt zu sein. Lilo lauschte angestrengt. Kam es näher?

Ein hohes Pfeifen ließ das Mädchen zusammenzucken.

„X 1 ruft X 2!", schnarrte eine Stimme.

Es polterte, dann antwortete das Phantom: „Hier X 2. Was ist?"

„Lass deine Spielchen und komm sofort zu mir!", funkte jemand.

„X 1, ich habe das Gefühl, jemand war in meiner Bude."

„Nur keine Panik", lachte der andere. „Wirf dich in die Straßenbahn und komm, so schnell du kannst her. Unter der Kuppel sind mir wieder ein paar gute Ideen gekommen … Das scheint an der kosmischen Strahlung zu liegen", fügte er spöttisch hinzu. „Eine neue Sache, für die ich deine Hilfe benötige, wird noch heute steigen. Und diesmal handelt es sich um keinen Bluff. Over!"

„Roger und over!"

Das Funkgerät wurde abgeschaltet. Gleich darauf erloschen die Lichter im Tunnel. Die Tür quietschte kreischend. Mit einem leisen Krachen fiel sie ins Schloss. Außen wurde ein Schlüssel ins Schloss gesteckt und umgedreht.

„Vorwärts!", flüsterte Lilo. „Tempo! Wir haben jetzt die einmalige Chance dem Phantom auf die Schliche zu kommen."

Unter Stöhnen und Keuchen begannen die drei nach oben zu robben.

Zum Glück hatte Axel auch an diesem Tag seine Taschenlampe mit. Immer wieder ließ er sie aufblitzen um den Weg abzuleuchten.

Nach 40 Minuten, die den drei Knickerbockern wie 40 Stunden vorgekommen waren, hatten sie die Geheimtür zum Bio-Zimmer erreicht. Sie mussten nicht lange nach dem Hebel suchen, mit dem man die Holztafel aufklappte. Aus der Wand ragte ein eiserner Griff, an dem Axel kräftig zu ziehen begann. Die Tür schwang auf und Lilo und die beiden Jungen ließen sich in das Zimmer fallen.

Die Juniordetektive waren völlig verschwitzt und auf ihrer Haut klebte Staub.

„Alle Mann säubern! Aber schnellstens. So können

wir uns der Menschheit nicht zeigen. Und dann sofort ab zur Straßenbahn!", befahl das Superhirn.

Eine halbe Stunde später saßen sie in einem Wagen der Linie 13 und starrten gebannt aus den Fenstern. Lieselotte und Dominik hatten die rechte Straßenseite übernommen, Axel die linke.

„Bist du sicher, dass das Phantom mit der Linie 13 gefahren ist?", fragte Dominik Lilo, während er sich fast den Hals ausrenkte, um sich auch ja nichts entgehen zu lassen.

Das Superhirn schüttelte den Kopf. „Nicht im Geringsten, aber es ist unser einziger Anhaltspunkt!"

„Glaubst du, das Phantom hat immer diesen Mantel an und die Maske auf?", fragte Dominik und kratzte sich am Ohr.

„Bestimmt nicht. Auffallen möchte der Kerl nur in der Schule."

Dreizehn Stationen lagen nun bereits hinter ihnen. Doch kein Gebäude entlang der Strecke war den Knickerbockern verdächtig vorgekommen. Nach dem Phantom konnten sie ja nicht suchen, da sie keine Ahnung hatten, wie der Kerl ohne Verkleidung aussah.

„Kuppel … kosmische Strahlung …", murmelte Lilo. Um welches Gebäude konnte es sich nur handeln?

„Leopoldstraße, Endstation. Bitte alle aussteigen!", verkündete eine Tonbandstimme.

Axel rutschte zu seinen beiden Kumpeln hinüber. „Wir sitzen in der falschen Straßenbahn. Wahrscheinlich war eine andere Linie gemeint. In Wien gibt es an die hundert verschiedene!"

Nachdem sie aus dem Waggon geklettert waren, sahen sie sich noch einmal gründlich um. Die drei Juniordetektive waren in einer ruhigen Wohngegend am Stadtrand gelandet. Hier fuhren nur wenige Autos und jedes Haus war von einem großen Garten und einer Mauer umgeben.

„Entschuldigen Sie", wandte sich Lilo an eine alte Dame, die mit ihrem Pudel an ihnen vorbeiging.

„Ja, was ist denn?" Die Frau musterte das Mädchen misstrauisch.

„Wir … suchen hier ein Haus … Ein Haus mit einer Kuppel. Kennen Sie das?", wollte Lilo wissen.

Die alte Dame überlegte, verzog dann entschuldigend das Gesicht, verneinte und ging weiter. Die Knickerbocker seufzten.

Da entdeckte Dominik eine Telefonzelle und rief: „Ich melde mich nur kurz bei Poppi, damit sie auf dem neuesten Stand ist."

Während er telefonierte, trat Lilo ratlos von einem Fuß auf den anderen. Sie wollte das Phantom unbedingt entlarven. Und wer war X 1?

„Hallo, Mädchen!", hörte sie eine Stimme hinter sich. Die alte Dame war zurückgekommen. „Mädchen, ich kenne doch ein Haus mit einer Kuppel."

„Welches?", wollte Lilo aufgeregt wissen.

„Die alte Sternwarte. Sie befindet sich zwei Straßen weiter in einem ziemlich verwilderten Garten. Vor einiger Zeit ist dort jemand eingezogen – hat mir die Frau Malek am Kiosk erzählt."

„Danke, vielen Dank für die Auskunft", rief Lilo. Sie rannte zur Telefonzelle und riss die Tür auf. „Komm, schnell!", rief sie.

Dominik hatte jedoch seinen Bericht noch nicht abgeschlossen. „Einen Moment!", bat er.

Doch nun wollte das Superhirn keine Sekunde länger warten. Das Mädchen winkte Axel und die beiden liefen los. Dominik bemerkte ihr Verschwinden erst, als sie bereits außer Sichtweite waren.

Das zahle ich euch heim!, schwor er sich wütend.

Lieselotte und Axel hatten bereits das Grundstück erreicht, von dem die alte Dame erzählt hatte. Ein hoher Eisenzaun und ein kunstvoll geschwungenes Tor begrenzten den Garten. Zwischen den Baumkronen erkannte Lilo eine graue Kuppel. Ein schmaler Spalt in der Mitte der Kuppel war geöffnet. Durch diese Öffnung konnten die beiden eine Gestalt ausmachen, die unruhig auf und ab ging. Ob es sich um das Phantom handelte?

„Wir wagen es!", beschloss Lilo. „Wir klettern über den Zaun und schleichen uns ins Haus."

Axel willigte ein. Doch bevor sie sich auf den Weg machten, hatte er noch etwas zu erledigen …

ENTLARVT

Lieselotte sah sich um. Als sie sicher war, dass sie von niemandem beobachtet wurde, schwang sie sich über den Zaun. Axel folgte ihr, obwohl er mit seinen kurzen Beinen beim Klettern nicht so gut vorankam.

Hinter einem blühenden Rosenbusch gingen die beiden in Deckung. Von diesem Versteck aus warfen sie einen prüfenden Blick auf das Haus. Es war ein beeindruckendes, irgendwie gespenstisches Gebäude. Der Haupttrakt, auf dem sich auch die Kuppel befand, setzte sich in zwei niedrigen, lang gestreckten Seitenflügeln fort.

„Pass auf, wir schlagen uns nun durch das Grünzeug am Zaun entlang nach rechts bis zur Mauer!", meinte Lilo. „Dann schleichen wir unter den Fenstern zur Hausür. So müssten wir eigentlich unbemerkt zum Eingang gelangen – hoffe ich zumindest …"

„Ich auch", stieß Axel hervor. Außerdem möchte ich heute noch zum Helden des Tages erklärt werden, dachte er, als ihm die Dornenranken die nackten Arme zerkratzten und abgebrochene Äste sich in die dünnen Sohlen seiner Sportschuhe bohrten.

Er hastete über ein kleines Stück Rasen, duckte sich dann und ging in die Knie. Gegen die Ziegelmauer der Sternwarte gepresst, tappte er hinter Lieselotte zum Portal des Gebäudes.

Endlich hatten sie es erreicht. Sie richteten sich leise ächzend auf und gingen hinter den Steinpfeilern links und rechts des Eingangs in Deckung.

Lilo holte tief Luft und drückte dann die Klinke herunter. Die Tür war nicht abgesperrt. Da sie aber ziemlich knarrte, stieß sie das Mädchen gerade nur so weit auf, dass sie durchschlüpfen konnten.

Im Inneren des Hauses war es angenehm kühl. Die beiden Knickerbocker standen vor einer mächtigen Betonsäule, um die herum eine Wendeltreppe nach oben führte.

„Auf dieser Säule ist das Fernrohr befestigt, damit es nicht erschüttert wird", flüsterte Axel Lieselotte ins Ohr.

„Gift! Ja, ich werde das Trinkwasser vergiften, damit Wien sieht, dass mit ‚Basilisk' nicht zu spaßen ist!", hörten sie eine Fistelstimme im Obergeschoss des Hauses frohlocken.

„Nein, wir können da nicht hinauf!", zischte Axel.

„Doch!", brummte Lilo. „Doch! Jetzt sind wir so nahe dran. Jetzt will ich alles wissen."

Mutig begann sie die Wendeltreppe Stufe für Stufe hinaufzusteigen. Zögernd kam ihr Axel nach. Im Stich lassen wollte er sie auf keinen Fall.

Vom ersten Geschoss führten zwei Türen weg. Polternde Schritte über ihren Köpfen bewiesen den beiden Juniordetektiven, dass sich im Raum unter der Kuppel mehrere Personen aufhalten mussten.

Sie kletterten weiter. In der Holzdecke, die über ihnen sichtbar wurde, befand sich eine rechteckige Öffnung, die nur über eine Leiter erreicht werden konnte.

Lieselotte stieg die Sprossen hinauf und hob den Kopf vorsichtig über die Kante. Sie sah ein Paar grellgelbe Damenschuhe mit hohen Absätzen.

„Nein, Anatol! Ich werde aussteigen. Die erste Sache ist nicht so gelaufen, wie ich wollte. Und bei diesem Projekt mache ich nicht mit. Das ist kriminell", keuchte die Trägerin der Stöckelschuhe.

Lilo hatte ihre Stimme sofort erkannt.

Es war niemand anderer als die Reporterin Petra Stocker.

Ihr gegenüber stand der bullige Glatzkopf. Er grinste so widerlich wie nie zuvor.

„Schätzchen", flötete er schleimig und zuckte dabei

ständig mit den Nasenflügeln. „Schätzchen, dann sehe ich mich gezwungen deinen Chef zu informieren. Es interessiert ihn sicher, dass seine neue Starreporterin ‚Basilisk‘ erfunden hat, damit sie auch einmal eine spannende Story schreiben kann. Darf ich dich erinnern, dass alles deine Idee war? Ich bin ja nur dein Cousin, der deine Anweisungen ausgeführt hat.“

„Du … du Schwein!“, stieß die Reporterin verzweifelt hervor. „Dreckiger Schuft!“

„Und du bist genial, liebste Cousine“, grunzte der Glatzkopf. „Die Gräfin von Schreck: die große Unbekannte in Schwarz, die alle Welt suchen, aber nicht finden wird! Großartig, wie dir das in der Pestgrube eingefallen ist, mit verstellter Stimme mit dir selbst zu reden.“

„Ich … ich musste das tun … weil mir die Kinder auf den Fersen waren“, stammelte Frau Stocker.

„Du wirst noch öfter Gelegenheit haben, deine Fantasie spielen zu lassen, Herzblatt!“, schnurrte Anatol. „Und jetzt setz dich an deine Schreibmaschine! ‚Basilisk‘ hat dir einen neuen Befehl zukommen lassen. Diesmal meinen wir es ernst. Wir fordern 20 Millionen. Bekommen wir das Geld nicht, vergiften wir das Trinkwasser der Stadt!“

„Das … das … ist nicht … dein Ernst, Anatol!“, keuchte Frau Stocker.

„Doch … und damit alle sehen, wie ernst wir es

meinen, wird das Wasser eurer Redaktion bald grün sein. Wer es trinkt, wird sterben!"

Lieselotte hatte das Gespräch angespannt verfolgt. Sie wollte sich kein Wort entgehen lassen. Deshalb hatte sie auch die scharrenden Laute und den leisen erstickten Schrei unter sich nicht wahrgenommen.

„Onkel Anatol! Schnell! Hier ist wer!", brüllte plötzlich eine Stimme hinter ihr. Lilo drehte sich um und fiel vor Schreck fast von der Leiter.

Ein junger Bursche mit einem blassen, hageren Gesicht und einer blonden Stoppelfrisur hatte Axel von hinten gepackt und hielt ihm den Mund zu. Ehe Lieselotte noch nach unten klettern konnte, umklammerte eine feuchte, riesige Hand ihren Arm.

„Mensch, Freddy, da haben wir ja einen hübschen Fang gemacht!", triumphierte der Glatzkopf. „Habe ich euch nicht gesagt, dass ihr eure Zuckernasen nur noch in Eisbecher stecken sollt?"

Er quetschte Lilos Arm, dass das Mädchen vor Schmerz aufschrie.

„Was … was machst du jetzt mit ihnen? Die wissen doch alles!", rief die Reporterin ängstlich.

„Das kümmert mich nicht. Sie werden ihr Wissen nicht so schnell weitergeben können. Los, Freddy, wir werfen die beiden in die Säulenkammer zu dem anderen Bengel."

Marco, er meint sicher Marco!, dachte Axel.

Freddy und Anatol schleiften die beiden Knickerbocker wie Mehlsäcke die Wendeltreppe hinunter. Im
Erdgeschoss steuerten sie auf die Seite der Säule zu,
die vom Eingangstor abgewandt war. Dort befand
sich eine metallene Tür, die Freddy aufschloss.

Ein winziger runder Raum wurde dahinter sichtbar. Er war kaum größer als eine Abstellkammer.

„Onkel Anatol!", rief Freddy, „Onkel Anatol, der
Junge …"

„Was ist mit ihm?" Der Glatzkopf trat neben seinen
Neffen und starrte in das dunkle Loch. Entgeistert riss
er die Augen auf.

ALLE KLARHEITEN
BESEITIGT?

„Die Rotznase ist weg!", stieß er wütend hervor. „Wie konnte das geschehen? Wer hat ihn entkommen lassen?"

„I… i… ich nicht!", stotterte Freddy.

Auch Petra Stocker winkte mit beiden Händen ab.

Freddy und sein Onkel beugten sich durch die Türöffnung, ohne jedoch die Knickerbocker loszulassen.

„Ahhhh!" Mit einem Schrei, der Tarzan alle Ehre gemacht hätte, sausten von oben zwei schmutzige Beine herab und traten den beiden Männern gegen die Köpfe. Vor Schreck und Überraschung lockerten Freddy und der Glatzkopf mit der Tintenfisch-Tätowierung für einen Moment den Griff und Axel und Lieselotte konnten sich befreien.

Niemand anderer als Marco war es, der die beiden Ganoven angegriffen hatte. Der Junge musste sich auf einem Holzbalken über der Tür versteckt gehabt haben. Freddy hatte er so fest getroffen, dass der Bursche zu Boden ging. Anatol taumelte nur, aber das gründlich.

„Weg!", schrie Lieselotte und packte Marco bei der Hand. Die drei rannten an der geschockten Reporterin vorbei ins Freie.

Hinter ihnen wurden jedoch bald Schritte laut. Bis zum Gartentor waren es noch gut 50 Meter. Die Kinder waren bereits ziemlich erschöpft und mussten ihre letzten Kräfte aufbieten.

Der Glatzkopf hatte, wenn auch angeschlagen, die Verfolgung aufgenommen. Aus seinen Augen sprühte blinde Wut. „Ich kriege euch!", hörten sie ihn keuchen.

Marco stolperte und fiel der Länge nach auf den Kies. Axel und Lilo packten ihn an den Armen und zerrten ihn hoch. Der Junge konnte kaum gehen, so schwach war er.

Anatol holte dadurch auf.

Die Knickerbocker und der Junge hatten das Eisentor fast erreicht, als Axel zu Boden gerissen wurde. Lilo spürte wieder die Klammerhand an ihrer Schulter und Marco wollte sich erst gar nicht wehren.

„Ich zerquetsche euch Kröten zu Matsch!", knurrte Anatol. „Kein Wort, kapiert? Sonst begrabe ich euch bei lebendigem Leib!"

Keines der Kinder hätte in dieser Sekunde auch nur einen Laut herausgebracht.

„Hier spricht die Polizei! Das Haus ist umstellt! Lassen Sie sofort die Kinder los!", rief eine Stimme aus einem Lautsprecher. „Hier spricht die Polizei! Ergeben Sie sich!"

Sirenen ertönten. Polizeiwagen fuhren vor.

Der Glatzkopf wollte losrennen, ließ es dann aber bleiben. Zwei Polizisten kletterten bereits über den Zaun und hielten ihn mit einer Pistole in Schach. Seine Nasenflügel flatterten, als er die Hände hob.

„Elendes Kinderpack!", fluchte er und warf den Knickerbockern bitterböse Blicke zu.

„Axels neuer Uhr sei Dank!", sagte Dominik am Abend. Die Knickerbocker-Bande saß auf einer Wiese in der Nähe der Kascha-Wohnung und veranstaltete ein Picknick.

„Es war eine Superidee von dir, die Uhr am Zaun der Sternwarte zu befestigen", lobte ihn Dominik schmatzend.

„Ich habe sie so eingestellt, dass sie nach 15 Minuten zu piepsen begann. Auf der Anzeige hat gestanden: ‚Sind seit 17.05 Uhr in diesem Haus. Hilfe!'", berichtete Axel Herrn und Frau Kascha.

„Wie hast du die Sternwarte eigentlich so schnell gefunden, Dominik?", wollte Poppi wissen.

„Ich wusste, dass Axel und Lilo nicht weit sein konnten. Ich bin einfach kreuz und quer durch die Straßen gelaufen. Natürlich mit System. Ich habe die Gegend regelrecht durchkämmt und bin dabei auf die Uhr gestoßen!"

„Marco ist übrigens wieder bei seinen Eltern", berichtete Frau Kascha. „Er muss sich jetzt ein bis zwei Tage erholen und wieder Kräfte sammeln. Dieser Anatol hat ihm nichts zu essen gegeben. Ich habe Marco jedenfalls eingeladen, am Samstag mit euch ins Theater zum ‚Phantom' mitzukommen. Eine Karte werden wir schon noch auftreiben!"

Poppi wollte nun aber alles genau erklärt haben: „Warum hat uns Marco angeschwindelt? Was hatte er mit diesem Anatol zu tun?"

„Anatol hat ihn beim Stehlen erwischt. Marco hat in einem Warenhaus einige Spielsachen mitgehen lassen. Anatol hat ihn geschnappt und erpresst. Er drohte dem Jungen, ihn bei der Polizei anzuzeigen. Davor hatte Marco natürlich entsetzliche Angst. Seine Eltern sind erst vor zwei Jahren aus Italien nach Wien gezogen und haben hier einen Eissalon eröffnet. Marco hat befürchtet, dass sie wegen seines Ladendiebstahls Schwierigkeiten bekommen könnten."

„Und der Glatzkopf hat euch den Jungen nur auf den Hals gehetzt um euch abzulenken?", fragte Herr Kascha.

„Ja", nickte Lieselotte. „Die Erpresserbande ‚Basilisk' hatte tatsächlich Angst vor uns. Frau Stocker hat
Dominik, Axel und mich in den Katakomben beobachtet. Durch den Artikel, der über unser Abenteuer in Salzburg erschienen ist, haben die Erpresser
erfahren, mit wem sie es zu tun haben. Sie hatten
Angst, wir könnten dazwischenfunken und ihren
Plan vereiteln."

„Und das Phantom der Schule, wer war denn das
nun?", fragte Frau Kascha.

„Niemand anderer als Freddy Futterknecht, der
Neffe des Glatzkopfs", berichtete Dominik. „Freddy
ist im vorigen Schuljahr zum zweiten Mal in der letz-
ten Klasse sitzen geblieben. Deshalb musste er das
Gymnasium verlassen. Er hat den Lehrern und dem
Direx Rache geschworen und in den Ferien seinen
Plan ausgeführt. Die Phantomverkleidung hat er zur
Sicherheit immer getragen, wenn er in den Klassen-
zimmern am Werk war."

„Also, wer technisch so geschickt ist und solche
Ideen hat, sollte sie eigentlich besser nützen!", stellte
Herr Kascha fest.

„Er und sein Onkel werden auf jeden Fall vor Ge-
richt gestellt", meinte Dominiks Mutter.

„Diese Reporterin sicher auch", sagte Lieselotte.
„Immerhin hat sie die Redaktion betrogen. Und das
alles nur, um Karriere zu machen!"

„Eigentlich benötige ich jetzt noch eine weitere Woche Ferien", stellte Dominik fest, „nach all diesen Aufregungen!"

„Da wirst du schon bis zum Winter warten müssen", lachte sein Vater.

„Ich bitte euch nur um eines", fügte Frau Kascha hinzu: „Ab heute möchte ich ein bisschen mehr Ruhe. Geht das, meine lieben Knickerbocker?"

„Na klar!", versprach Lilo großmütig. Im Stillen dachte sie allerdings: Das gilt selbstverständlich nur bis zum Samstag. Wir können nicht garantieren, was dann geschieht!

„Wir ziehen Abenteuer eben an wie Magnete", rief Dominik und starrte plötzlich gebannt in die Wolken. Die Blicke der anderen richteten sich sofort nach oben.

„Was … siehst du dort?", fragte Frau Kascha besorgt.

„Nichts", lachte Dominik, „ich wollte euch nur ein wenig erschrecken!"

Das war dem Jungen auch gelungen.

Wie lange der nächste Fall wohl auf sich warten lassen würde … ?

FLORIDSDORF
DÖBLING
WIENER-WALD
NEUE DONAU
DONAU
ALTE DONAU
DONAUSTADT
WÄHRING
HERNALS
BRIGITTENAU
ALSERGRUND
LEOPOLDSTADT
PENZING
OTTAKRING
INNERE STADT
JOSEFSTADT
PRATER
RUDOLFSHEIM
MARIAHILF
WIEDEN
HIETZING
Schloß Schönbrunn
MARGARETEN
BELVEDERE
MEIDLING
TIERGARTEN SCHÖNBRUNN
DONAUKANAL
LAINZER TIERGARTEN
SIMMERING
LIESING
FAVORITEN
1 Stephausdom
2 Burggarten
3 Heldenplatz
4 Burgtheater
5 KUNST+NATURHISTORISCHES MUSEUM
6 HISTORISCHES MUSEUM

DER KNICKERBOCKER-
BANDENTREFF

Werde Mitglied im Knickerbocker-Detektivclub!
Unter *www.knickerbocker-bande.com* **kannst du dich**
als Knickerbocker-Mitglied eintragen lassen. Dort erwarten
dich jede Menge coole Tipps, knifflige Rätsel und Tricks
für Detektive. Und natürlich erfährst du immer
das Neueste über die Knickerbocker-Bande.

Hier kannst du gleich mal deinen detektivischen Spürsinn
unter Beweis stellen – mit der Detektiv-Masterfrage,
diesmal von Dominik:

WERTE
DETEKTIVKOLLEGEN,

ein wahrhaft haarsträubendes, geradezu
unglaubliches Abenteuer, das wir da in Wien
erlebt haben. Tja, und wenn ich nicht
in letzter Minute dank meiner außer-
ordentlichen Geistesgegenwärtigkeit Axels
Uhr mit der Nachricht entdeckt und die
Polizei verständigt hätte … Es hätte
grauenhaft, geradezu fatal für meine Freunde
enden können. (Wenn Axel das hören könnte,
würde er jetzt wahrscheinlich sagen: „Quatsch
nicht so kariert …").

Ich vermute, dass auch du mit detektivischem
Scharfsinn der Geschichte gefolgt bist.
Sicher wirst du also sofort folgende Frage
beantworten können: Mit wem unterhielt sich die
Reporterin Petra Stocker, als wir sie in den
Katakomben unter dem Stephansdom belauschten?

Die Lösung gibt's im Internet unter
www.knickerbocker-bande.com
Achtung: Für den Zutritt brauchst du einen Code.
Er ergibt sich aus der Antwort auf folgende Frage:

Welcher Fluss fließt durch die Stadt Wien?

Code	
48027	Moldau
47082	Donau
42078	Inn

Und so funktioniert's:
Gib jetzt den richtigen Antwortcode auf der Webseite
unter **MASTERFRAGE** und dem zugehörigen Buchtitel ein!

Auf ein baldiges Wiedersehen
dein

Dominik

HALLO THOMAS!

**Wolltest du schon immer
Schriftsteller werden?**
Zuerst wollte ich Tierarzt werden,
aber ich habe beim Studium
schnell erkannt, dass das kein
Beruf für mich ist. Geschichten
habe ich mir immer schon gerne
ausgedacht und geschrieben
habe ich auch gerne. Allerdings
nicht in der Schule, denn meine Deutschlehrer waren
immer nur auf Fehlerjagd. Geschrieben habe ich mehr für
mich und durch viele Zufälle ist aus dem Hobby ein Beruf
geworden.

Wie lange brauchst du für ein Buch?
Ganz unterschiedlich. An guten Tagen schaffe ich etwa
20 Buchseiten. Es gibt auch Tage, an denen ich nur wenig
schaffe. Trotzdem setze ich mich immer hin. Ich höre
übrigens immer mitten im Satz zu schreiben auf.
Am nächsten Tag fällt das Anfangen dann viel leichter.

**Erfindest du alles, was in deinen Büchern steht
oder recherchierst du viel?**
Natürlich recherchiere ich, wenn es das Thema verlangt.
Sehr gründlich. Das ist auch wichtig für mich, weil ich mich
sonst beim Schreiben nicht sicher fühle. Zum Recherchieren
bin ich schon U-Boot gefahren, durfte einmal als Flug-
schüler ein kleines Flugzeug steuern, habe einen Sturzflug
miterlebt, Tierpfleger bei der Arbeit begleitet, lange

Gespräche mit Tierschützern geführt und viele Städte und Länder bereist. Die Geschichten selber entstehen natürlich in meiner Fantasie.

Woher nimmst du eigentlich deine Ideen?

Hm, das ist mir selbst ein Rätsel. Sie kommen ganz einfach. Ich ziehe Ideen an wie ein Magnet … Ich halte Augen und Ohren weit offen und fange sie auf diese Weise ein. In meinem Kopf reifen sie dann. Manche ein paar Wochen, andere ein paar Jahre. Von 1000 Ideen setze ich aber nur vielleicht 30 um. Ich sammle ständig und überall. Oft genügt ein winziger Anstoß und auf einmal wächst daraus die Geschichte.

Entstehen deine Geschichten erst beim Schreiben am Computer oder hast du sie schon vorher ganz genau in deinem Kopf?

Mehr als zwei Drittel sind fertig, wenn ich mich zum Schreiben hinsetze. Ich notiere jede Idee in einen Mini-Computer, den ich immer dabeihabe, aber nur aus einigen werden dann Geschichten. Manchmal braucht das „Wachsen" ein paar Wochen, manchmal ein paar Jahre.

Was ist das für ein Gefühl, wenn man so bekannt ist?

Ich finde es toll, wenn ich Briefe und E-Mails von Lesern bekomme, die mir erzählen, wie viel Spaß und Spannung sie beim Lesen hatten. Das ist für mich ein wunderbares Gefühl. Schließlich schreibe ich nicht, um bekannt zu sein, sondern weil es für mich die tollste Sache der Welt ist.

Thomas Brezina
Rätsel um das Schneemonster
Band 1
Schauder statt Schivergnügen?
Ein Schneemonster versetzt
einen Ferienort in Angst und
Schrecken. Lilo, Axel, Poppi
und Dominik glauben nicht
an Geister ...
ISBN 3-473-**47081**-3

Thomas Brezina
Das Phantom der Schule
Band 6
Nichts als Gespenster?
In Dominiks Schule treibt ein
geheimnisvolles Phantom sein
Unwesen. Wer verbirgt sich
unter dem Flattermantel und
der weißen Maske?
ISBN 3-473-**47082**-1

Gute Idee.

Ravensburger

Thomas Brezina
**Das Haus der
Höllensalamander**
Band 38
Rachedurstige Geister?
Eigentlich wollten die vier
Freunde nur Ferien machen,
aber an ihrem Urlaubsort in
der Karibik scheint ein
Poltergeist sein Unwesen
zu treiben ...
ISBN 3-473-**47083**-X

Thomas Brezina
13 blaue Katzen
Band 42
Katz und Maus?
Das Geständnis eines
Milliardärs, eine ver-
schwundene Pianistin und
13 blaue Katzen geben
den vier Freunden Rätsel auf.
ISBN 3-473-**47084**-8

Gute Idee.

Ravensburger

Thomas Brezina
Der Turm des Hexers
Band 59
Nur Hokuspokus?
Vor 500 Jahren soll der Hexer
auf dem Scheiterhaufen
verbrannt sein. Ist er nun in
seinen Turm zurückgekehrt?
Die vier Freunde ermitteln.
ISBN 3-473-**47088**-0

Thomas Brezina
Wenn der Geisterhund heult
Band 61
Aus einer anderen Welt?
Ein geheimnisvoller Geisterhund
verbreitet Angst und Schrecken.
Die vier Freunde beschließen,
der Sache auf den Grund
zu gehen ...
ISBN 3-473-**47089**-0

Gute Idee.

Ravensburger

LESEPROBE

Der erste Ruf des Geisterhundes hallte ungehört von den Felswänden der Berge wider. Der Himmel war in dieser Nacht von dunklen Wolken verhangen, die bis auf die Spitzen der Gipfel herabreichten. Nur für einen kurzen Moment entstand ein Riss in der Wolkendecke, und der Mond kam zum Vorschein. Sein blasses Licht ließ die feuchten Steine und knorrigen Stämme der Bäume glänzen, als wären sie verzaubert und aus purem Silber.

Zwischen zwei schroffen Felsen, die wie die Zacken einer Krone aufragten, stand ein gebücktes Wesen mit zottigem Fell. Es zuckte zusammen, als es vom Mondlicht beschienen wurde, und suchte hastig Deckung im Schatten hinter den Felsen. Erst als der Mond hinter den Wolken verschwunden war, schob es den Oberkörper langsam vor und öffnete das Maul.

Kurz bevor der Geisterhund zum zweiten Mal heulte, schreckte Dominik in einer nahe gelegenen Hütte aus dem Schlaf auf. Sekundenlang lag er da, starrte in die Dunkelheit und lauschte seinem eigenen Keuchen. Er war von einem fürchterlichen Albtraum gequält worden.

Noch einmal rasten die Bilder durch seinen Kopf: Er befand sich in einer steilen Bergwand, ohne Seil, schutzlos und allein. Mit den Zehenspitzen balancierte er auf einem winzigen Vorsprung, während seine Finger sich in scharfkantigen Spalten festklammerten. Unter ihm gähnte ein Abgrund, der so tief war, dass er das Ende nicht einmal erahnen konnte. Über ihm aber ragte der Fels bis in die Wolken hinein. Die Wand war glatt wie ein Spiegel und es gab keinen Ausweg. Immer wieder rief er um Hilfe, hatte aber nicht das Gefühl, dass ihn irgendjemand hörte.

Der Felsvorsprung unter seinen Schuhen begann zu bröseln und kleiner zu werden wie ein Eiszapfen in der Sonne. Auch die Felsspalten wurden breiter und breiter. Dahinter gähnte ein schwarzes Nichts. Seine Finger griffen ins Leere.

Der Schweiß rann ihm über den Rücken. Über sich hörte er das Poltern schwerer Gegenstände. Als er den

Kopf hob, schoss ihm das Entsetzen durch den ganzen Körper. Käselaibe, groß und rund wie die Reifen eines Lastwagens, stürzten vom Gipfel auf ihn herab. Immer mehr und mehr kamen geflogen, und es würde nur noch Sekunden dauern, bis sie ihn treffen und in die Tiefe schleudern würden. Er holte Luft, um zu schreien, brachte aber keinen Ton heraus. Glücklicherweise erwachte er genau in diesem Moment.

Dominik lag auf dem Rücken in einem fremden, harten Bett und spürte, wie sich sein Atem langsam beruhigte. Im Stockbett über ihm warf sich sein Knickerbocker-Freund Axel gerade auf die andere Seite. Das Gestänge der Bettkonstruktion ächzte so laut, dass Dominik schon Sorge hatte, es könnte bald den Geist aufgeben.

„So ein Käse", murmelte Dominik und legte sich die Hände auf den Bauch. Er hatte das Gefühl, einen Stein verschluckt zu haben. Seine Zunge war vor Durst trocken wie Löschpapier. Schuld daran war nur dieser Käse. Die Hüttenwirtin, die sich von den vier Freunden Tante Resi nennen ließ, hatte am Abend dicke Scheiben von einem großen Laib abgeschnitten, auf Brotschnitten gelegt und in dem gemauerten Backofen schmelzen lassen. Da Dominik nach der langen Wanderung so hungrig war, hatte er drei solcher Brote verschlungen und damit sogar Axel übertroffen, der nur zwei schaffte.

Die Strafe kam jetzt in der Nacht. Der Käse hatte Dominik nicht nur den Albtraum beschert, sondern sorgte auch für heftiges Magendrücken. Dominik schwang die Beine, die in einem gestreiften Schlafanzug steckten, über die Bettkante und beschloss etwas Wasser zu trinken. Selbst auf der Bergtour hatte er seinen feinen Pyjama dabei. Er knipste die Taschenlampe an, sodass ein gelber Lichtkreis auf den rissigen Bretterboden fiel.

Auf Zehenspitzen, um die anderen nicht zu wecken, huschte Dominik aus der kleinen Schlafkammer, in der in einem zweiten Stockbett Lilo und Poppi schlummerten. Er suchte sich den Weg durch die Stube, stieß sich die große Zehe an einem Stuhl an, fluchte kurz und fand schließlich die Eingangstür. Der Holzriegel quietschte widerwillig, als er ihn zur Seite schob.

Eiskalte Nachtluft schlug ihm entgegen. Nur ein paar Schritte entfernt hörte er das Wasser in den ausgehöhlten Baumstamm plätschern. Es rann aus einer nahen Quelle.

Der Boden war nass vom Regen und kalt. Dominik setzte einen Fuß vor den anderen und wünschte sich nur eines: so schnell wie möglich in die Hütte und in sein Bett zurückzukommen.

Da hörte er das Heulen. Es begann tief und wurde immer höher, ging durch Mark und Bein und jagte

Dominik tausend Schauer über den Rücken. Wie versteinert verharrte er und hielt die Luft an. Das Heulen verklang, um gleich darauf neu einzusetzen. Diesmal steigerte es sich zu einem flehenden Schrei.

Dominiks erster Gedanke war: Wölfe! Hatte er nicht irgendwo gehört, es gäbe wieder Wölfe in den Bergen? Es hieß, sie fielen auch Menschen an, wenn ihr Futter knapp würde … Er stand hier völlig schutzlos in der Nacht und würde eine leichte Beute abgeben.

Neben ihm knirschten Steine. Ein neuer Schreck fuhr Dominik durch alle Glieder. Die Wölfe waren also bereits neben ihm, bereit, sich auf ihn zu stürzen. Bestimmt heulte weiter oben der Leitwolf und gab dem Rudel den Befehl zum Angriff. Endlich waren sie auf Futter gestoßen.

Die Hand mit der Taschenlampe zuckte und Dominik hielt den Lichtkegel seiner Taschenlampe in die Richtung, aus der das Knirschen gekommen war.

Im gelblichen Schein war eine Bewegung zu erkennen, mehr nicht. Alles ging sehr schnell. Dominik erkannte viel zu spät, dass sich ein untersetztes, röchelndes Wesen in einem Bogen auf ihn zubewegte. Durch die Nacht schallte ein röchelndes Luftholen. Ein entsetzlicher Gestank drang in seine Nase und schnürte ihm die Kehle zu. Er roch verfaultes Fleisch, modriges Gras, ekeligen Schlamm und Kuhmist.

Instinktiv schwenkte die Taschenlampe auf den An-greifer, konnte ihn aber nicht erreichen. Er war schneller und versetzte Dominik einen harten Schlag auf den Unterarm. Ein rasender Schmerz durchzuckte Dominik und die Taschenlampe entglitt seinen eis-kalten Fingern. Bevor er flüchten konnte, folgte schon der nächste Schlag, der ihn im Rücken traf und nach vorn stolpern ließ. Dominik streckte Halt suchend die Hände aus, griff aber nur in die Luft, verlor das Gleichgewicht und stürzte bäuchlings in das nasse Gras.

Das Wesen war sofort über ihm. Etwas Schweres legte sich auf seinen Rücken und drückte ihn nieder. Dominik spürte feuchten Atem, der übel roch, an sei-nem Ohr und er hörte drohendes und bitterböses Knurren.

Die Taschenlampe lag zum Greifen nahe, aber als Dominik nach ihr fassen wollte, beförderte das Wesen sie mit einem grimmigen Laut weiter fort. Der Licht-strahl war nun auf die Hütte gerichtet und Dominik war wieder von Dunkelheit umgeben.

Ein drittes Mal schwebte das Heulen über den Berg. Diesmal klang es fragend und lang gezogen.

Noch immer quetschten schwere Pfoten die Luft aus Dominiks Brust. Er japste jämmerlich und hatte Angst zu ersticken.

Der Druck wurde geringer, als sich das Wesen aufrichtete und einen langen Heulton ausstieß, der abrupt abriss. Nachdem es Dominik noch einen letzten Tritt in die Seite versetzt hatte, hetzte es in Richtung Wald davon. Seine Schritte verhallten schnell in der Dunkelheit.

Dominik hatte den bitteren Geschmack von Erde im Mund. Noch immer lag er regungslos auf dem Bauch und sog gierig Luft in seine Lungen. Erst jetzt begann er am ganzen Körper zu zittern. Seine Zähne klapperten laut. Auf einmal fühlte er sich so erschöpft, als hätte er an einem Marathonlauf teilgenommen. Er schaffte es sich aufzurichten und starrte in die Dunkelheit. Sie erschien ihm wie eine wilde Bestie, die nur darauf lauerte, sich auf ihn zu stürzen.

Vor ihm leuchteten zwei Augen in der Nacht. Riesige Augen, wie von einem Monster. Den Mund brachte Dominik auf, doch es kam kein einziger Ton heraus.

Die Augen bewegten sich auf ihn zu. Der Blick des Untiers wanderte rastlos hin und her.

Das Monster starrte ihn an und er schloss geblendet die Augen. Schützend hielt er sich den Arm vor das Gesicht.

„Dominik?"

Das war Lilos Stimme.

Jemand kam auf ihn zugelaufen. Dann spürte er,

wie sich links und rechts jemand neben ihn kniete und Taschenlampen ihn prüfend ableuchteten. Es waren nur die Strahler zweier Taschenlampen gewesen und keine Monsteraugen.

„Na, du Schlafwandler", spottete Axel. Er war wach geworden, weil er auf die Toilette musste, und hatte beim Aufstehen Dominiks leeres Bett bemerkt. Nachdem er Lilo geweckt hatte, waren sie beide auf die Suche nach dem verschwundenen Knickerbocker-Freund gegangen.

Noch immer völlig verwirrt, hockte Dominik im kalten Gras und atmete schwer. Sein Herz pochte im Hals und er schwitzte trotz der Kühle der Nacht.

„Ha…habt ihr es gehört?", brachte er endlich heraus.

„Was gehört?" Lilo bedeutete Axel, ihr zu helfen. Sie schoben die Hände unter Dominiks Achseln und zogen ihn hoch.

„Das Heulen. Es müssen Wölfe sein. Und ein riesiger Wolf hat mich angefallen."

Trotz der Dunkelheit spürte Dominik den Blick, den seine Kumpel wechselten. Es war ein Blick, der so viel bedeutete wie: „Unser armer kleiner Dominik hat wohl schlecht geträumt."

„Er war da. Er hat mich angefallen. Meine Taschenlampe …" Suchend sah sich Dominik um. Er riss Axel die Lampe aus der Hand und leuchtete den Boden ab.

Seine Taschenlampe war nirgendwo zu entdecken. „Die hat er mitgenommen. Er hat sie."

Im flackernden Lichtschein einer Petroleumlampe stand plötzlich eine imposante Gestalt in einem wehenden weißen Nachthemd in der Tür der Hütte. Das graue Haar trug sie zu einem dicken Zopf geflochten, der von hinten über die Schulter bis zum Bauch herabhing.

„Keine nächtlichen Kissenschlachten, kein Gespensterspielen, kein Herumgeistern!", mahnte die Gestalt, die niemand anderer als die Hüttenwirtin war.

Dominiks Mund war noch trockener als vorher. Er hielt den Mund unter das Metallrohr, aus dem das kalte Wasser in einem dünnen Rinnsal kam, und trank gierig.

„Dominik muss schlecht geträumt haben und schlafgewandelt sein", erklärte Lieselotte. „Er faselt von Heulen und Wölfen."

„Der Geisterhund", flüsterte die Hüttenwirtin entsetzt. Barfuß tappte sie aus der Hütte zum trinkenden Dominik. „Wie hat es geklungen, das Heulen? Beschreib es! Immer anders? Wie ein Sprechen?"

Dominik hatte sich verschluckt und hustete erst eine Weile, bevor er antworten konnte. Er beschrieb die Laute, die er gehört hatte, und spürte, dass ihn die Hüttenwirtin fest an der Schulter packte. Sie wandte sich an Axel und Lilo. „Der Geisterhund ist zurück. Er sucht nach neuen Opfern. Er wird sie sich holen." Wie eine Schar Gänse jagte sie die drei in die Hütte zurück und schob mit Nachdruck den Riegel vor. Anschließend schloss sie die hölzernen Läden der beiden Stubenfenster und überprüfte mehrere Male die Riegel.

„Helft mir!", forderte sie die drei Freunde auf, die dastanden und ihr verwundert zusahen. Gemeinsam schoben sie den schweren Holztisch vor die Tür und wuchteten eine kleine Kommode hinauf, in der es verdächtig klirrte und schepperte. Erst dann schien die Hüttenwirtin ein wenig beruhigter. Aus einem Wandschrank holte sie eine Flasche und goss eine klare Flüssigkeit in ein kleines Glas. Sie kippte den Inhalt in einem Zug hinunter und goss nach.

„Das bekommt ihr nicht", sagte sie streng, als sie die Blicke der drei Freunde bemerkte. „Ist Schnaps und nichts für Kinder."

„Danke, kein Bedarf!", brummte Lilo. Sie hatte einmal aus Versehen einen Schluck Schnaps getrunken und er hatte gebrannt wie Feuer.

Die Petroleumlampe stand auf einem der verwaisten Stühle und ihr flackernder Schein ließ fledermausartige Schatten über die Wände tanzen. Mit einem tiefen, besorgten Seufzer ließ sich die füllige Frau auf die Bank an der Wand sinken. Fragend sahen sie die Knickerbocker an. Sie wollten unbedingt eine Erklärung. Echte Knickerbocker ließen niemals locker, und wenn sie ein Geheimnis witterten, wollten sie es unbedingt lüften.

Weil ihn seine Beine kaum trugen, setzte sich Dominik neben die Hüttenwirtin, Axel und Lilo zogen Stühle heran und nahmen vor ihr Platz.

„Was starrt ihr mich so an?", fragte sie aufgebracht.

Lilo übernahm das Reden. „Was meinen Sie mit ‚Geisterhund‘?"

Die Frau presste die Lippen zusammen und schüttelte stumm den Kopf.

„Er hat mich angefallen", warf Dominik ein. „Ich habe ihn sogar gerochen. Dieses Tier hat schlimme Ausdünstungen."

Axel verzog das Gesicht. „Ausdünstungen?", äffte er Dominik nach. „Was soll das sein?"

„In deiner Sprache: Der Geisterhund stinkt bestialisch!", übersetzte Dominik mit spitzem Unterton.

„Als ich den Geisterhund zum ersten und letzten Mal gesehen habe, war ich so alt wie ihr", begann die Hüttenwirtin. Sie starrte ins Leere. Vor ihr schien die vergangene Zeit noch einmal aufzutauchen.

„Eines Abends, als mein Vater nach Hause kam, fragte meine Mutter ihn sofort, was geschehen sei. Sie kannte ihn gut und las jeden Kummer und jede Sorge in seinem Gesicht.

‚Wir haben den Wilderer gefunden‘, platzte Vater heraus.

Ich horchte auf. In den vergangenen Wochen hatte mein Vater, der Förster von Beruf war, viel vom Wilderer erzählt. Der Unbekannte trieb sein Unwesen im Revier, schoss Gämsen und Hirsche, hielt sich nie an die Schonzeiten und ließ immer, wenn er ein Tier erbeutet hatte, einen schwarz gefärbten Gamsbart zurück.

‚Wer ist es?‘, fragte meine Mutter atemlos.

‚Er ist uns wieder entkommen. Wir haben ihm gedroht zu schießen, worauf er nur gelacht hat. Er hat einen schwarzen, struppigen Hund an seiner Seite gehabt. Mein Forsthelfer hat geschossen, ohne meine Anweisung. Er hat den Hund tödlich getroffen.‘

Ein paar Wochen lang kehrte Ruhe ein. Bis zu dem Freitag, an dem der Forsthelfer in der Dämmerung angefallen wurde. Später erzählte er von gespenstischem Heulen, das von den Bergen schallte. Lautlos hatte sich der Hund angeschlichen und ihn attackiert. Insgesamt dreizehn Mal biss er den jungen Mann, dabei auch in den Hals. Nur um einen Fingerbreit verfehlte er die Hauptschlagader. Schwer verletzt schleppte sich der Forsthelfer den Berg hinab ins Dorf. Der Arzt brauchte die ganze Nacht, um die Wunden zu versorgen. Selbst Tage später, als der Schock vergangen war, behauptete der junge Mann weiterhin, er sei von einem Geisterhund angefallen worden.

Mein Vater untersuchte die Stelle im Wald, an der der Überfall stattgefunden hatte, genau. Deutlich waren die Abdrücke der schweren Lederstiefel des Forsthelfers im weichen Boden zu erkennen. Er fand Spuren, die zeigten, dass der arme Kerl sich gewehrt hatte. Er hatte offensichtlich versucht, den Angreifer loszuwerden, war gestürzt und hatte sich schließlich in Richtung Dorf gekämpft. Das wirklich Unheimliche aber war, dass kein einziger Pfotenabdruck eines Hundes zu finden war. Es gab keinerlei Hinweis auf einen Hund. Auch keine ausgerissenen Fellbüschel."

Mit großer Spannung hatten die drei Knickerbocker der Hüttenwirtin gelauscht. Die inzwischen alt gewordene Resi nickte bedächtig und spielte mit der Spitze ihres dicken Zopfes.

„Die zweite, die dem Geisterhund begegnet ist, war ich."

Lilo und Dominik richteten sich gerade auf, Axel beugte sich weiter vor, die Ellbogen auf die Knie gestützt.

„Meine Freundin Mira und ich haben im Wald eine kleine Hütte gebaut und dort mit unseren Puppen gespielt. Meine Mutter durfte davon nichts wissen. Sie hätte es bestimmt verboten. Ein paar Tage nachdem der Forsthelfer vom Geisterhund so übel zugerichtet worden war, zog plötzlich ein Gewitter auf. Beim ersten Donner lief Mira los, weil sie sich so schrecklich fürchtete. Ich wollte ihr nach, bin aber mit dem Fuß an einer Wurzel hängen geblieben. Ich bin gestürzt und habe mir den Knöchel verstaucht. Nicht einmal humpeln konnte ich, so weh hat es getan. Auf allen vieren habe ich mich langsam vorwärts geschoben. In der Nähe hat der Blitz eingeschlagen und einen Baum gespalten. Es hat geknallt wie bei einer Explosion. Ich habe schreckliche Angst gehabt. Und geweint habe ich. Noch schlimmer aber wurde es, als auf einmal das Heulen begonnen hat. Aus welcher Richtung es gekommen ist, konnte ich nie sagen. Geklungen hat es, als wäre es überall. Links und rechts, vor mir und hinter mir."

Resi legte eine Verschnaufpause ein und trank den Rest aus ihrem Glas. Sie schnalzte mit der Zunge und stieß die Luft durch den Mund aus.

„Zwischen den Bäumen hat es geknackt. Zu sehen war nichts. Vielleicht auch, weil es zu dunkel war. Die Gewitterwolken hatten den Tag zur Nacht gemacht. Plötzlich hat er mich dann von hinten angefallen. Mit lautem Knurren und Geifern und einem Bellen, als käme es aus der Hölle, ist er über mich hergefallen. Ich habe lange Zähne gesehen und bleiche Kiefer. Knochen. Der Hund hatte kein Fell, war nur ein Skelett. Heute noch fange ich an zu schwitzen, wenn ich an die Bisse denke. In die Arme und die Beine und sogar ins Gesicht."

In der Hütte hätte man eine Stecknadel fallen hören können, als Resi eine kurze Pause einlegte. Die Hand auf die Brust gepresst, fuhr sie leise fort: „Meine Mutter hat mich gerettet. Sie hat Mira auf der Straße getroffen und sie hat ihr von unserer Hütte erzählt. So ist sie mich suchen gegangen, und als sie gekommen ist und laut meinen Namen gerufen hat, ist der Geisterhund verschwunden. Wieder hat er keine Pfotenabdrücke hinterlassen. Die Spuren seiner Zähne aber waren deutlich in meiner Haut zu sehen, und am Bein habe ich sogar geblutet." Eine Pause entstand.

Lilo unterbrach die Stille. „Danach ist er nicht mehr aufgetaucht, der Geisterhund?"

Die Hüttenwirtin schüttelte langsam den Kopf.

„Und es hat nie eine Erklärung gegeben?"

Ein neuerliches Kopfschütteln.

Widerstrebend gestand die Hüttenwirtin: „Vor drei Nächten habe ich auch ein Heulen gehört. Es hat mich aufgeweckt. Ich habe mir eingeredet, es sei nur ein böser Traum gewesen." Doch es war Wirklichkeit.

Auszug aus
„Wenn der Geisterhund heult"
von Thomas Brezina
Krimiabenteuer Nr. 61
ISBN 3-473-47089-9